M. Agejew

ROMAN MIT KOKAIN

Deutsch von Daniel Dubbe

Rowohlt

Umschlaggestaltung Manfred Waller
Abbildung: «Porträt eines Jungen
in buntem Hemd» von Ilja Iwanowitsch Maschkow, 1909

1. Auflage März 1986

Satz Bembo auf der Linotron 202
Gesamtherstellung Clausen & Bosse, Leck
Printed in Germany
ISBN 3 498 00020 9

Burkewitz hat abgelehnt

DIE SCHULE

I

Eines Tages Anfang Oktober war ich – Wadim Maslennikow, damals knapp sechzehn Jahre alt – in aller Frühe zur Schule aufgebrochen, ohne an den Umschlag mit dem Geld für das erste Semester gedacht zu haben, den meine Mutter am Vorabend ins Eßzimmer gelegt hatte. Mir fiel dieser Umschlag erst in der Straßenbahn ein, als draußen unaufhörlich die Zäune der zur Straße hin gelegenen Gärten und die Akazien vorbeizogen und das Gewicht auf meinen Schultern mir den Rücken immer heftiger gegen das vernickelte Haltegestänge drückte. Meine Vergeßlichkeit beunruhigte mich jedoch nicht im geringsten. Man konnte das Geld ebensogut am nächsten Morgen abgeben, und zu Hause würde niemand es stehlen: außer meiner Mutter gab es in der Wohnung nur noch meine alte Amme Stefanie, die seit zwanzig Jahren in unseren Diensten war und deren einzige Schwäche, ja Leidenschaft in einem ununterbrochenen Geflüster bestand, einem Geräusch gleich Sonnenblumenkernen, die man aufknackt; in Abwesenheit von Gesprächspartnern konnte sie so, ganz für sich allein, lange Unterhaltungen und manchmal sogar Streitgespräche führen, die sie von Zeit zu Zeit mit lauten Ausrufen unterbrach, wie: «Aber ja» oder «Wieso denn?» oder «Darauf kannst du dich verlassen».

In der Schule vergaß ich den Umschlag völlig. An diesem Tag konnte ich meine Lektion nicht – was übrigens nicht oft vorkam –, und mir blieb nichts anderes, als sie zum Teil in den Pausen zu lernen, zum Teil auch dann, wenn der Lehrer schon in der Klasse war, und dieser Zustand gesteigerter Aufmerksamkeit, in dem man leicht alles aufnimmt (aber genauso leicht am nächsten Tag wieder vergessen hat), trug viel dazu bei, alles meinem Gedächtnis entfallen zu lassen, was nicht mit dem Lernen zu tun hatte.

Erst zu Beginn der großen Pause, als wir wegen des kalten, aber trockenen und sonnigen Wetters auf den Schulhof hinaus konnten und ich auf dem letzten Treppenabsatz meine Mutter erblickte, erinnerte ich mich an den Umschlag und dachte, daß sie es nicht hatte lassen können, ihn mir zu bringen. In ihrem abgeschabten Pelz und der lächerlichen Haube, aus der graue, dünne Haare hingen (sie war schon 57), stand meine Mutter ganz allein und für sich da, suchte vergeblich den vorbeistürmenden Haufen von Schülern ab, und ihre sichtbare Unruhe verstärkte in gewisser Weise noch ihre jämmerliche Erscheinung; einige drehten sich nach ihr um und lachten sie aus. Ich hätte mich gern davongestohlen, aber da erblickte sie mich, ihr Gesicht hellte sich auf zu einem zärtlichen Lächeln, nicht heiter, sondern eher gefügig, sie rief mich, und ich ging, obwohl ich mich vor meinen Kameraden schrecklich schämte, zu ihr hin. «Waditschka, mein Junge», sagte sie mit ihrer dumpfen Altweiberstimme, hielt mir den Umschlag hin, berührte einen Knopf meines Mantels mit ihrer kleinen gelben Hand – furchtsam, als hätte sie Angst, sich zu verbrennen –, «Du hast das Geld vergessen, mein Junge, ich habe gedacht, er wird sich beunruhigen, also hier, ich hab es dir gebracht.» Nach diesen Worten sah sie mich an, als bäte sie um ein Almosen, ich aber war wütend über die Schande, die sie mir zugefügt hatte, und murmelte haßerfüllt, für Empfindsamkeiten sei hier nicht der Ort, und da sie sich nicht habe zurückhalten können, mir das Geld zu bringen, könne sie es auch gleich selber einzahlen.

Meine Mutter blieb stehen, wo sie war, schwieg, hörte mir zu, ohne zu antworten, und schlug die Augen in einer schuldbewußten und schmerzvollen Haltung nieder. Ich sprang die schon leere Treppe hinab, zog an der Tür, die Widerstand bot, der Wind blies geräuschvoll dagegen, drehte mich um und sah zu meiner Mutter hin, aber nicht aus Mitleid mit ihr, sondern aus Angst, sie könnte an einem so wenig geeigneten Ort in ein Schluchzen ausbrechen. Meine Mutter stand noch immer mit traurig gesenktem Kopf auf dem Treppenabsatz und folgte mir mit den Augen. Sie sah, daß ich sie betrachtete, winkte wie auf dem Bahnhof mit der Hand, die den Umschlag hielt, und diese so junge und muntere Geste machte nur noch um so deutlicher, wie alt, abgerissen und jämmerlich sie war.

Draußen kamen mehrere Kameraden auf mich zu und fragten, wer diese alberne Figur in Röcken sei, mit der ich gesprochen hätte. Ich antwortete fröhlich lachend, es sei eine unglückliche Gouvernante, die mich mit einigen Empfehlungsschreiben aufgesucht habe, wenn sie es wünschten, könne ich sie ihnen vorstellen: sie könnten ihr den Hof machen und vielleicht sogar mit Erfolg. Kaum hatte ich diese Worte ausgesprochen, merkte ich an dem lauten Gelächter, das sie auslösten, daß es zuviel war, selbst für mich, und daß ich besser nicht so geredet hätte. Und als meine Mutter, die gezahlt hatte, gebeugt, als wollte sie sich noch kleiner machen, hinausging, ohne jemand anzusehen, den Weg zum Portal nahm, so schnell sie konnte, und mit ihren krummen, abgetretenen Absätzen über den Asphalt stapfte, da fühlte ich, daß mein Herz mit ihr litt.

Dieser Schmerz, der im ersten Moment so heftig in mir brannte, war indes von kurzer Dauer: als ich nach der Schule nach Hause kam und über den engen, immer nach Küche riechenden Flur unserer ärmlichen Wohnung bis zu meinem Zimmer lief, hatte er, wenn er mir auch nicht mehr weh tat, noch ein unangenehmes Nachgefühl hinterlassen, so stark war er eine Stunde zuvor gewesen. Als ich mich dann aber im Eßzimmer zu Tisch setzte, meiner Mutter gegenüber, die die Suppe auffüllte, da störte mich dieses Leiden nicht nur überhaupt nicht mehr, es war mir auch schwer vorstellbar, daß es mich zu irgendeinem Moment hatte beunruhigen können.

Kaum fühlte ich mich erleichtert, begann eine Unzahl herber Überlegungen mich aufzurühren. Daß eine alte Frau doch begreifen müßte, daß ihr Aufzug mich mit Schande bedeckte und daß sie es nicht nötig gehabt hätte, sich bis zur Schule zu schleppen mit ihrem Umschlag, und daß sie mich gezwungen hätte zu lügen und mir die Möglichkeit raubte, meine Kameraden zu mir einzuladen. Ich sah sie die Suppe essen, ich sah sie mit zittriger Hand den Löffel heben und die Hälfte wieder in den Teller verschütten, sah ihre kleinen, gelblichen Wangen und ihre von der heißen Suppe gerötete Nase, ich sah, wie sie sich nach jedem Schluck mit ihrer weißlichen Zunge das Fett ableckte, und ich haßte sie mit glühendem Haß. Sie bemerkte, daß ich sie scharf beobachtete, warf mir den üblichen zärtlichen Blick aus ihren braunen, wäßrigen Augen zu, legte den Löffel hin, als verpflichtete sie der Blick, etwas zu sagen, und sie fragte: «Schmeckt's gut?» Sie sprach diese Worte und machte dabei ein Kind nach und schüttelte bejahend, aber auch fragend ihren grauen Kopf. «Meckt dut», sagte ich, ohne ihr zu widersprechen oder sie zu bestätigen, sondern nur, um sie nachzuahmen. Ich sagte dies «dut» mit einer Grimasse des Abscheus, als müßte ich mich augenblicklich übergeben, und unsere Blicke – meiner kalt und voll Haß, ihrer warm, liebevoll und wie nach innen gekehrt – trafen sich und gingen ineinander über. Das hielt lange an, ich sah deutlich den Ausdruck ihrer guten Augen sich trüben, bald fassungslos, bald schmerzlich – und je deutlicher mein Sieg wurde, um so weniger greifbar oder verständlich schien dieses Haßgefühl gegen ein Wesen, das alt war und voll Liebe, ein Haß, der mit seiner Stärke meinen Sieg erst ermöglicht hatte.

Zweifellos aus diesem Grund hielt ich nicht länger stand, senkte als erster die Augen, nahm meinen Löffel und fing an zu essen. Aber als ich, innerlich besänftigt, irgend etwas Unbedeutendes sagen wollte und den Kopf wieder hob, da sagte ich nichts, und ohne es zu wollen, sprang ich von meinem Stuhl auf. Die Hand meiner Mutter, die den Suppenlöffel hielt, lag auf dem Tischtuch. Sie stützte den Kopf in die andere Hand und den Ellbogen auf den Tisch. Ihre dünnen Lippen verzogen sich bis an die Wangen und verzerrten das Gesicht. Aus den bräunlichen, fächerförmig mit Runzeln überzogenen Höhlen ihrer geschlossenen Augen flossen Tränen. Und es war so viel Unvermögen, sich zu verteidigen, in diesem kleinen, gealterten und gelben Kopf, so viel bitterer Schmerz ohne nachtragenden Groll und so viel Verzweiflung über das abstoßende Alter, welches niemandem mehr von Nutzen ist, daß ich, zu ihr hinschielend, mit einer Stimme, deren Derbheit schon verdächtig war, sagte: «Na komm, du mußt doch nicht ... Komm, vergiß doch ... Es gibt doch gar keinen Grund», und ich wollte hinzufügen «Kleine Mama» und vielleicht zu ihr gehen und sie in den Arm nehmen, aber gerade in diesem Moment kam die Amme aus dem Flur, balancierte auf einem Filzpantoffel, gab der Tür mit dem anderen Fuß einen Tritt und brachte einen neuen Gang.

Da, ich weiß überhaupt nicht warum und weshalb, Tatsache ist jedenfalls, daß ich auf der Stelle mit der Faust in den Teller schlug und – durch den Schmerz meiner verletzten Hand und durch meine suppetriefende Hose endgültig von meinem guten Recht überzeugt, auch unbestimmt erleichtert durch den extremen Schreck der Dienstmagd – mit drohenden Flüchen in mein Zimmer rannte.

Meine Mutter zog sich bald an, ging aus und kam erst gegen Abend zurück. Als ich hörte, wie ihre Schritte vom Flur über das Vorzimmer bis an meine Tür tappten, wie sie anklopfte und fragte: «Darf ich eintreten?», da stürzte ich an meinen Tisch, öffnete schnell ein Buch, und mit dem Rükken zur Tür sagte ich gelangweilt: «Komm rein.» Sie kam durchs Zimmer, näherte sich mir zögernd von der Seite, und scheinbar in das Buch versunken, sah ich, daß sie noch immer ihren abgewetzten Pelz und den lächerlichen Hut trug. Meine Mutter zog die Hand aus dem Mantel und legte zwei Fünf-Rubel-Scheine auf den Tisch, die so zerknittert waren, als wollten sie sich schamhaft noch kleiner machen. Dann streichelte sie mit ihrer kleinen, verkrümmten Hand meine Hände und sagte sanft: «Verzeih mir trotzdem, mein Kleiner. Du bist so gut. Ich weiß es.» Und nachdem sie meine Haare gestreichelt hatte, blieb meine Mutter noch einen Moment nachdenklich stehen, als ob sie noch etwas hinzufügen wollte, aber sie sagte nichts, ging auf den Zehenspitzen hinaus und schloß sanft die Tür.

II

Kurze Zeit später wurde ich krank. Mein erster, nicht unbeträchtlicher Schrecken wurde allerdings sofort von der geschäftigen Heiterkeit des Arztes besänftigt, dessen Adresse ich zufällig unter den Annoncen der Venerologen gefunden hatte, die in der Zeitung fast eine ganze Seite füllten. Er untersuchte mich und sah mit respektvoller Überraschung auf, ganz wie unser Lehrer, wenn ein Faulpelz ihm die richtige Antwort gab, die er nicht erwartet hatte. Er gab mir einen Klaps auf die Schulter und schloß, nicht in einem tröstenden Tonfall – der mich beunruhigt hätte –, sondern mit der ruhigen Überzeugung seines Könnens: «Quälen Sie sich nicht, junger Mann, in einem Monat reparieren wir das alles.»

Er wusch sich die Hände, schrieb die Rezepte und gab die nötigen Anweisungen – ohne einen Blick für den Rubel, den ich ungeschickt schräg hingeworfen hatte und der mit einem Geräusch, das sich zu einem Trommelwirbel steigerte, auf dem Glastisch ausrollte. Dann kratzte er sich genußvoll die Nase und entließ mich mit der Warnung – vorgebracht mit einer sorgenvollen, düsteren Miene, die nicht zu ihm paßte –, daß das Fortschreiten der Heilung, wie meine Heilung überhaupt, ausschließlich von der Regelmäßigkeit meiner Besuche abhänge und daß es das Beste sei, wenn ich jeden Tag käme.

Wenn ich auch bald sicher war, daß die täglichen Besuche keineswegs notwendig und für den Arzt nichts als eine Möglichkeit waren, den Klang meines Rubels häufiger zu Gehör zu bekommen, so ging ich doch jeden Tag hin, einfach weil es mir Spaß machte. Es war in diesem kleinen, beleibten Mann mit den kurzen Beinen, in seiner Stimme, die satt war, als hätte er gerade etwas Gutes verspeist, in den Falten seines fetten Halses, die an übereinandergelegte Fahrradreifen erinnerten, in seinen kleinen, listigen und vergnügten Augen und ganz allgemein in seiner Haltung etwas spaßhaft Prahlerisches, Beifälliges, und noch etwas anderes, schwer Greifbares, das mir aber auf angenehme Weise schmeichelte. Er war der erste ältere Mann, der erste Erwachsene, der mich achtete und mich so nahm, wie ich damals sein wollte. Und ich ging jeden Tag zu ihm, nicht wie zu einem Arzt, sondern wie zu einem Freund. In der ersten Zeit erwartete ich sogar ungeduldig die festgesetzte Stunde; als ginge ich auf einen Ball, zog ich mir mein neues Jackett und meine neue Hose an und die Lackschuhe.

Damals wollte ich mir einen Ruf als erotisches Wunderkind verschaffen, und ich erzählte in der Schule, an welcher Ansteckung ich gelitten hatte (ich sagte, daß ich geheilt sei, obgleich mein Übel erst anfing), damals also zweifelte ich nicht an dem Prestige, das diese Krankheit mir eingetragen hatte, und ich beging eine schreckliche Verfehlung, deren Folge die Verstümmelung eines menschlichen Lebens war, vielleicht sogar der Tod.

Ungefähr zwei Wochen später, als die äußeren Symptome sich abgeschwächt hatten, ich aber genau wußte, daß ich noch angesteckt war, ging ich aus, um ein wenig herumzubummeln oder ins Kino zu gehen. Es war Abend, es war Mitte November, diese wunderbare Jahreszeit. Der erste flauschige Schnee, ähnlich dem Funkeln von Marmor in bläulichem Wasser, fiel langsam auf Moskau. Die Dächer der Häuser und die Massive der Boulevards bauschten sich wie blaue Segel. Die Hufe der Pferde klapperten nicht, die Räder ratterten nicht, und in der still gewordenen Stadt war das Geklingel der Straßenbahnen so störend wie im Frühling. Auf der Straße holte ich ein junges Mädchen ein, ohne es darauf angelegt zu haben, einfach weil ich schneller ging als sie. Als ich auf ihrer Höhe war und sie überholen wollte, blieb ich in tiefem Schnee stecken, sie drehte sich um, unsere Blicke trafen sich, und unsere Augen lächelten. Wer kann an einem so begeisternd schönen Moskauer Abend, wenn der erste Schnee fällt, wenn die Wangen rot sind wie Preiselbeeren, wenn die Drähte wie graue Seile am Himmel hängen, wer kann an einem solchen Abend genug Kraft und Griesgrämigkeit aufbringen davonzugehen, ohne ein Wort zu sagen und ohne sich vielleicht jemals wiederzusehen?

Ich fragte, wie sie heiße und wohin sie gehe. Sie hieß Zinotschka und ging nicht «wohin», sondern «nur so spazieren». An der Kreuzung, der wir uns näherten, hielt eine Droschke; der Schlitten ragte hoch auf wie ein Weinglas, und das riesenhafte Pferd war mit weißem Tuch bedeckt. Ich schlug vor, eine Spazierfahrt zu machen, und Zinotschka, einen strahlenden Blick auf mich gerichtet, die Lippen wie eine Knospe, nickte zustimmend mit dem Kopf, schnell, schnell, wie ein Kind. Der Kutscher hockte vorn auf dem Schlitten, schräg zu uns und krumm wie ein Fragezeichen. Aber als wir uns näherten, kam Leben in ihn, er folgte uns mit den Augen, als visierte er eine lebende Zielscheibe, und mit heiserer Stimme gab er Feuer: «Bittschön. Bittschön, ich fahre Sie.» Als er sah, daß er ins Zentrum getroffen hatte und daß es jetzt galt, die Beute zu pakken, stieg er vom Schlitten, unendlich majestätisch, grün, ohne Füße, in weißen Handschuhen so groß wie Kindsköpfe, einen Zylinder à la Onegin auf dem Kopf, aber zusammengedrückt und mit einer Schnalle verziert, und auf uns zugehend, fügte er hinzu: «Geruhen zu befehlen, ich fahre sie mit meiner Feurigen spazieren, Euer Hoheit.»

An dieser Stelle begann die Tortur. Für die Fahrt zum Petrowski-Park und wieder zurück in die Stadt verlangte er zehn Rubel, und obgleich «seine Hoheit» nur fünf Rubel fünfzig in der Tasche hatte, wäre ich ohne Zögern in den Schlitten gestiegen, denn ich war damals der Ansicht, daß jede Gaunerei, egal welche, immer noch weniger unehrenhaft sei als die Notwendigkeit, in Gegenwart einer Dame mit einem Kutscher zu handeln. Aber Zinotschka rettete die Situation. Mit entrüstetem Blick erklärte sie resolut, daß das ein unglaublicher Preis sei und daß es ganz außer Frage stehe, mehr als einen «Grünen» zu zahlen. Gleichzeitig zog sie mich an der Hand. Sie zog mich weiter fort, ich folgte ihr, bot aber auch ein wenig Widerstand, als befreite ich mich mittels dieses Widerstands von der Schande der Situation und übertrüge sie auf Zinotschka: ich hatte mit der Sache ja nichts zu tun und wäre natürlich bereit gewesen, jeden Preis zu zahlen.

Nach etwa zwanzig Schritten lugte Zinotschka mit der Vorsicht eines Diebes über meine Schulter, sah, daß die Decke des Pferdes eilig abgenommen worden war, kam hinter mir heraus und flüsterte: «Er will es gern machen, er ist einverstanden (sie applaudierte lautlos), er wird gleich vorfahren. Sie sehen jetzt, wie pfiffig ich bin (sie versuchte die ganze Zeit, mir in die Augen zu sehen). Sehen Sie, kaum glaublich, aha!»

Dies «Aha» klang sehr angenehm für mich. Es ging daraus hervor, daß ich ein eleganter, reicher und verschwenderischer Lebemann war und daß sie, das elende, arme kleine Mädchen, meine Ausgaben bremste und dies, wohlverstanden, nicht etwa, weil sie meine Mittel überschritten, sondern weil sie, die Ärmste, sich in dem engen Horizont ihres Elends solche Verschwendungen gar nicht vorstellen konnte.

An der nächsten Kreuzung holte uns der Kutscher ein, mäßigte das Feuer seines Trabers, indem er die Zügel links und rechts wie einen Lenker handhabte, beugte sich vom Schlitten und nahm die Decke vom Haken. Nachdem ich Zinotschka untergebracht hatte und trotz meiner Lust, mich zu beeilen, gemächlich um den Schlitten herumgegangen war, schwang ich mich auf den hohen, schmalen Sitz, befestigte die steife Samtöse in der Metallhalterung, faßte Zinotschka um die Taille, zog, als hätte ich die Absicht, mich zu prügeln, energisch an meinem Mützenschirm und rief stolz: «Los.»

Man hörte ein trocknes Schnalzen, das Pferd zog unmerklich an, der Schlitten begann zu gleiten, und ich fühlte Ungeduld und Ärger über diesen Schuft von Kutscher. Aber als wir nach zwei Kurven in die Twerskaja-Jamskaja einbogen, nahm er plötzlich die Zügel zusammen und schrie «häpp», wobei das scharfe, metallische «ä» gellend aufstieg, bis es an den weichen Prellbock des «p» stieß, der es am Weiterkommen hinderte.

Der Schlitten machte einen Satz, wir wurden mit angezogenen Knien nach hinten und gleich darauf nach vorn in den ausgepolsterten Rücken des Kutschers geschleudert. Und die ganze Straße stürzte auf uns ein, der Schnee peitschte uns mit feuchten Fäden schmerzhaft Wangen und Augen. Von Zeit zu Zeit ließen die Straßenbahnen, die unseren Weg kreuzten, ihr Klingeln hören, und erneut erscholl das «Häpp», diesmal scharf und abgerissen wie von einer Peitsche, und dann mit einem haßerfüllten und hämischen Blöken «Balu-u-ui», und das schwarze Aufblitzen der entgegenkommenden Schlitten ließ uns fürchten, eine Deichsel könnte uns ins Gesicht schlagen, und tschoktschok-tschok tönte der von den Hufen an das metallische Vorderteil geschleuderte Schmutz, und die Kutsche vibrierte und unsere Herzen zitterten.

«Oh, wie ist das gut!» flüsterte neben mir im aufgeweichten, peitschenden Schnee eine kindlich begeisterte Stimme. «Oh, wie ist das wundervoll, wie ist das wundervoll!» Und auch ich fühlte mich wunderbar. Aber wie immer wehrte ich mich mit aller Macht gegen dieses Hochgefühl, das in mir losbrach.

Als wir wie ein Windhauch über den Jar fuhren und den Aussichtsturm der Tramwaystation sehen konnten und den geschlossenen Kiosk des Bonbonverkäufers in der Nähe der Passage, die zum Zentrum des Parks führte, beugte sich der Kutscher zu uns herüber, hielt das Pferd mit fester Hand zurück und sang mit sanfter Frauenstimme ein abgehacktes pr ... pr ... pr. Wir fuhren im Schrittempo in die Passage ein, der Schnee hörte augenblicklich auf, und er wirbelte erst wieder träge, und ohne zu Boden zu fallen, um eine gelbe, einsame Straßenlaterne, als schüttelte man dort ein Daunenkissen aus. Hinter der Laterne stand ein Schild auf Pfählen in der dunklen Luft, und daneben war waagerecht an einen Baumstamm eine Faust genagelt mit ausgestrecktem Zeigefinger, einer Manschette und einem Stück Arm. Eine Krähe lief über den Zeigefinger und verstäubte Schnee.

Ich fragte Zinotschka, ob ihr nicht kalt sei. «Es geht mir wunderbar», sagte sie, «ist es nicht wirklich wundervoll, oh, nehmen Sie, halten Sie meine Hände und wärmen Sie sie.» Ich löste meinen Arm von ihrer Taille und spürte stechende Schmerzen in der Schulter. Das Wasser rann mir vom Mützenschirm über die Wangen in den Kragen, der Frost auf unseren feuchten Gesichtern hatte Wangen und Kinn so sehr zusammengezogen, daß wir mit unbeweglichen Gesichtern sprechen mußten, Wimpern und Augenbrauen waren zu Eiszapfen erstarrt, die Decke, die Schultern, die Ärmel und die Brust waren mit einer gefrorenen, knackenden Kruste bedeckt, der Dampf, der vor uns von dem Pferd aufstieg, schien von etwas Kochendem zu kommen, und Zinotschkas Wangen sahen schon aus, als hätte man rote Apfelschalen auf sie geklebt.

Das Innere des Parks war ausgestorben, alles war weiß

und himmelblau, und in diesem Weiß und Himmelblau, in diesem naphthalinfarbenen Glanz, in dieser unbewegten Stille, fast die Stille einer Wohnung, bemerkte ich plötzlich meine Melancholie. In wenigen Minuten würden wir in der Stadt sein, müßten wir aus dem Schlitten steigen, und ich müßte nach Hause gehen, mich um eine schmutzige Krankheit kümmern und am nächsten Morgen noch im Dunkeln aufstehen, und ich fühlte mich überhaupt nicht mehr wohl.

Es ging eigenartig zu im Leben. Wenn ich Glück empfand, so genügte es, daran zu denken, daß es nicht lange anhalten würde, und schon hatte es aufgehört. Dieses Glücksgefühl hörte nicht auf, weil die äußeren Umstände, die es erzeugt hatten, sich verändert hatten, sondern nur deswegen, weil ich mir der Tatsache bewußt wurde, daß diese äußeren Umstände mit Sicherheit bald verschwunden sein würden. Sobald dieses Bewußtsein mich überkam, existierte das Glück nicht mehr – und die äußeren Umstände dieses Glücks, die noch nicht verschwunden waren, die weiter existierten, riefen in mir bloß noch Ärger hervor. Als wir den Park verlassen hatten und uns wieder auf der Chaussee befanden, wünschte ich mir nur noch eins: so schnell wie möglich in der Stadt anzukommen, aus dem Schlitten zu steigen und den Kutscher zu entlohnen.

Die Rückfahrt war kalt und langweilig. Aber als wir auf der Höhe des Klosters der Leiden Christi angekommen waren, wandte sich der Kutscher zu uns um, um zu erfahren, ob und wohin wir weiterfahren wollten – und da fühlte ich, als ich Zinotschka fragend ansah, daß mein Herz wie üblich genüßlich stehenblieb: Zinotschka sah nicht in meine Augen, sondern auf meine Lippen, mit diesem stumpfsinnigen und wilden Blick, dessen Bedeutung ich gut kannte. Ich hob mich zitternd vor Glück auf die Knie und flüsterte dem Kutscher ins Ohr, er solle zu Winogradow fahren.

Es wäre völlig falsch anzunehmen, daß ich während der paar Minuten, die nötig waren, um zum Stundenhotel zu gelangen, nicht beunruhigt gewesen wäre über die Tatsache, krank zu sein und auf dem besten Wege, Zinotschka anzustecken. Ich dachte sogar unablässig daran, während ich sie an mich drückte; aber ich scheute nicht die Verantwortlichkeit mir selbst gegenüber, sondern nur die Scherereien, die andere mit meiner Untat bereiten könnten. Aber wie fast immer in solchen Fällen hielt mich diese Furcht nicht davon ab, die Schandtat zu begehen, sondern veranlaßte mich nur, sie so zu begehen, daß niemand den Schuldigen finden konnte.

Als der Schlitten vor dem roten Haus mit den verschlossenen Fenstern hielt, bat ich den Kutscher, in den Hof zu fahren. Um in die Einfahrt zu kommen, mußte der Schlitten bis zum Zaun an der Straße zurücksetzen, aber als wir unter dem Portal waren, zischten die Kufen über den Asphalt, der Schlitten blieb schräg zum Trottoir stehen, und während dieser wenigen Sekunden, als der Schlitten sich festfuhr und das Pferd uns dann mit einem Ruck in den Hof beförderte, liefen die Passanten, die sich dort aufhielten, um die Kutsche und starrten uns neugierig an. Zwei von ihnen blieben sogar stehen, und Zinotschka war sichtlich davon beeindruckt. Es war, als hätte sie sich entfernt, als wäre sie fremd, unruhig und gekränkt.

Wir stiegen aus, sie zog sich in einen dunklen Winkel zurück, ich bezahlte den Kutscher, der einen Aufpreis verlangte, und mit Mißvergnügen wurde mir bewußt, daß mir nur noch zwei Rubel fünfzig blieben und daß mir möglicherweise, wenn die billigen Zimmer belegt waren, fünfzig Kopeken fehlen würden. Als die Fahrt bezahlt war und ich mich Zinotschka wieder zugewandt hatte, begriff ich, und sei es auch nur aus der Art, wie sie an ihrer Handtasche hantierte und entrüstet mit den Schultern zuckte, daß sie nicht ohne weiteres mitgehen würde. Der Kutscher war schon fort, und das scharfe Drehen des Schlittens hatte einen plattgedrückten Kreis im Schnee hinterlassen. Die zwei Passanten, die bei unserer Ankunft neugierig stehengeblieben waren, hatten sich in den Hof zurückgezogen und beobachteten uns. Ich kehrte ihnen den Rücken zu, so daß Zinotschka die beiden nicht sehen konnte, faßte sie um die Schultern, nannte sie Kleine, kleines Mädchen, Kleines und sagte ihr Worte, die überhaupt keinen Sinn gehabt hätten, wären sie nicht mit einer einschmeichelnden Stimme gesprochen worden, deren Klang, für sich genommen, sich süßlich anhörte wie Sirup. Ich spürte, daß sie nachgab und wieder die alte Zinotschka wurde – wenn auch nicht die, die mir in der Nähe des Klosters den ungeheuerlichen Blick (wie es mir schien) zugeworfen hatte, sondern die, die im Park «Das ist wundervoll, oh, wie ist das wundervoll», gesagt hatte, und ich fing an, ihr auf verworrene und zusammenhanglose Weise zu erklären, daß ich hundert Rubel in der Tasche hätte, daß man sie mir hier nicht wechseln würde, daß ich fünfzig Kopeken benötige, die ich ihr in ein paar Minuten zurückgeben würde, daß ... Aber ohne mich ausreden zu lassen, öffnete Zinotschka in ängstlicher Hast, schnell-schnell, ihre alte wie Krokodilleder gewachste Handtasche, holte ein kleines Portemonnaie heraus und leerte es in meine Hand. Ich sah ein Häufchen kleiner Silbermünzen, die irgendwie wie Kuriositäten wirkten, und sah Zinotschka fragend an. «Es sind genau zehn», sagte sie, wie um mich zu beschwichtigen, und fügte dann, sich auf eine erbärmliche Weise verbeugend, wie um sich zu entschuldigen, verschämt hinzu: «Ich habe sehr lange gebraucht, sie zu sammeln, man sagt, daß sie Glück bringen.» – «Aber, Kleine», antwortete ich in einem noblen Anfall gerechter Entrüstung, «dann ist es wirklich zu schade. Steck sie wieder ein, ich komm auch so zurecht.» Aber Zinotschka wurde ernstlich böse und verzerrte ihr Gesicht bei dem Bemühen, mit ihren Händen die meinen zu schließen. «Ihr müßt nehmen», sagte sie, «Ihr müßt. Sonst beleidigt Ihr mich.»

Wird es gehen, wird es nicht gehen, wird sie mitkommen oder ablehnen – das war das einzige, was meine Gedanken, meine Gefühle und mein ganzes Sein aufwühlte, während ich Zinotschka wie zufällig zum Hoteleingang führte. Auf der ersten Stufe schien sie wieder zu sich zu kommen, und sie sah verzweifelt zum offenen Portal, wo jene Passanten noch immer standen und wie Wächter den Durchgang versperrten; dann wandte sie sich mir, als wenn sie gehen wollte, zu, lächelte mich kläglich an, senkte den Kopf, und ein wenig gebeugt verbarg sie ihr Gesicht in meinen Händen. Ich packte sie am Arm, sehr weit oben, fast unter der Achsel, zog sie die Treppe hinauf und drängte sie in die vom Portier zuvorkommend geöffnete Tür.

Als wir ungefähr eine Stunde später gingen, fragte ich Zinotschka noch im Hof, in welche Richtung sie gehen würde, in der Absicht, mein Haus in der entgegengesetzten anzugeben und ihr gleich am Portal auf Wiedersehen zu sagen. Man hielt es immer so, wenn man das Winogradow verließ.

Aber wenn diese endgültigen Trennungen ihren Grund gewöhnlich in einer gelangweilten Übersättigung hatten, manchmal auch in Abscheu – Gefühle, die mich daran hinderten zu glauben, die Kleine könnte wieder begehrenswert werden (wobei ich zugleich wußte, daß ich es am nächsten Tag schon wieder bereuen würde) –, so fühlte ich jetzt, als ich Zinotschka verabschiedete, nur Verdrossenheit.

Ich war mißgestimmt, weil Zinotschka, die ich angesteckt hatte, meine Hoffnungen im Zimmer, hinter dem Wandschirm, nicht erfüllt hatte, denn sie war überspannt geblieben und deshalb genauso asexuell wie vorher, als sie sagte: «Oh, wie ist das wundervoll!» Entkleidet, streichelte sie mir die Wangen, wiederholte mit einer Stimme voll kindlicher, kindischer Zärtlichkeit «Mein kleiner Liebling, mein kleines Häschen», und diese nicht kokette, sondern aus der Seele kommende Zärtlichkeit peinigte mein Gewissen und hinderte mich, mich ganz und gar zu zeigen in dem, was man gewöhnlich Schamlosigkeit nennt, obgleich diese Bezeichnung falsch ist, denn der hauptsächliche und brennende Reiz der menschlichen Verdorbenheit ist die Verletzung der Scham und nicht ihre Abwesenheit. Ohne es zu wissen, hinderte Zinotschka das Tier in mir, über den Menschen zu herrschen, und deshalb empfand ich jetzt keine Befriedigung und keine Freude und bezeichnete den ganzen Vorfall mit einem einzigen Wort: unnütz. Es war unnütz, das junge Ding anzustecken – ich dachte es und ich fühlte es, aber ich dachte und fühlte dies «unnütz» nicht nur so, als hätte ich gar keine scheußliche Tat vollbracht, sondern im Gegenteil, als hätte ich mich in der Hoffnung geopfert, als Gegenleistung eben die Lust zu empfangen, welche ich nicht bekommen hatte.

Erst unter dem Portal, als Zinotschka sorgfältig, um es nicht zu verlieren, das Stück Papier weggesteckt hatte, auf das ich meinen angeblichen Namen und die erstbeste Telefonnummer, die mir in den Sinn gekommen war, geschrieben hatte, als Zinotschka, die sich bedankt und mir auf Wiedersehen gesagt hatte, sich entfernte, ja, da erst erhob sich eine innere Stimme, aber nicht jene arrogante und dünkelhafte, derer ich mich bediente, wenn ich auf meinem Diwan lag und mich an den Rest der Welt wandte, sondern eine ruhige Stimme ohne Haß, die sich nur an mich allein richtete. «He, du», sagte diese Stimme bitter, «du hast es zerstört, dies Mädel. Sieh doch, da geht sie fort, diese Göre. Und du erinnerst dich, wie sie sagte: ‹Oh, mein kleiner Liebling!› Warum hast du sie zugrunde gerichtet? Was hat sie dir getan? He, du!»

Was für eine erstaunliche Sache – ein Rücken, der sich entfernt – der Rücken eines zu Unrecht versehrten Wesens, das davongeht für immer. Es ist in ihm eine Art Ohnmacht, eine mitleidheischende Schwäche, die einen Appell an dich richtet, die dich verpflichtet, ihm nachzugehen. Es ist in dem Rücken eines Wesens, das davongeht, etwas, das die Ungerechtigkeiten und die Beleidigungen heraufbeschwört, von denen man noch das Bedürfnis haben wird zu erzählen, etwas, das wiederholt, man müsse noch einmal Abschied nehmen, und zwar schnell und auf der Stelle, weil dieses Wesen, das für immer davongeht, viel Leiden zurückläßt, das dich noch lange quälen und im Alter vielleicht daran hindern wird, nachts einzuschlafen.

Der Schnee fiel von neuem, aber jetzt trocken und kalt, der Wind rüttelte an den Laternen, und die Schatten der Straßenbäume bewegten sich wie Federbüsche. Schon seit langem war Zinotschka um die Ecke verschwunden, seit langem sah man sie nicht mehr, aber in der Phantasie ließ ich sie wieder und wieder zu mir zurückkommen, ließ sie zur Ecke gehen, sah ihren Rücken, der sich entfernte, und von neuem, ich weiß nicht warum mit dem Rücken zuerst, flatterte sie auf mich zu. Und als ich endlich zufällig meine Tasche streifte, in der die zehn nicht benutzten kleinen Münzen klingelten, erinnerte ich mich sofort an ihre Lippen und an ihre kleine Stimme, mit der sie gesagt hatte: «Ich habe sehr lange gebraucht, sie zu sammeln, man sagt, sie bringen Glück», und es war wie ein Peitschenschlag in mein schändliches Herz, eine Peitsche, die mich zum Laufen trieb, zum Laufen in tiefem Schnee, in diesem Zustand von Selbstmitleid, das man empfindet, wenn man dem letzten gerade abgefahrenen Zug hinterherläuft, wenn man läuft und doch weiß, daß man ihn niemals einholen kann.

In jener Nacht war ich noch lange in den Straßen unterwegs. In jener Nacht gelobte ich mir, mein ganzes Leben lang, mein ganzes Leben Zinotschkas Silberstücke aufzubewahren. Was ihre Person angeht, ich habe sie nie wiedergesehen. Groß ist Moskau, und es gibt dort Menschen über Menschen.

III

Die Anführer unserer Klasse waren Stein, Jegorow und – wie ich damals glauben wollte – ich selbst.

Mit Stein war ich freundschaftlich verbunden, obgleich mir klar war – und das bedeutete eine ständige Unruhe –, daß er mir sofort verhaßt wäre, wenn ich aufhörte, diese Freundschaft in mir zu pflegen. Schmutzigblond, ohne Augenbrauen, die Kahlköpfigkeit zeichnete sich schon ab, war Stein der Sohn eines reichen jüdischen Pelzhändlers und der beste Schüler der Klasse. Die Lehrer fragten ihn wenig, sie hatten sich im Laufe der Jahre von seinem untadeligen Wissen überzeugt. Aber wenn der Lehrer nach einem Blick in sein Heft sagte: «Sch-ch-tein», verfiel die ganze Klasse in eine eigentümliche Stille. Er riß sich geräuschvoll, als hätte ihn jemand festgehalten, aus seiner Bank los, trat schnell auf den Gang hervor und stellte sich, unsicher auf seinen mageren und sehr langen Beinen, in einiger Entfernung von seinem Gestühl auf, und zwar so sehr nach vorn gebeugt, daß, hätte man von seinen Schuhspitzen eine gerade Linie nach oben gezogen, diese durch seine schmale, magere Schulter gelaufen wäre, nahe derer er seine riesigen weißen Hände wie zu einem Gebet faltete. Mit dem ganzen Gewicht auf einem Fuß blieb er schief stehen, der andere Fuß berührte den Boden nur mit der äußersten Schuhspitze (so als wäre dieses Bein kürzer), und er ähnelte einem leicht aus der Senkrechten geratenen, aber keineswegs lächerlich wirkenden Mütterchen. Während er die Fragen hörte, trug er eine müde Herablassung zur Schau, danach vermittelte seine Stimme eine drängende Eile, als käme sie aus dem Überfluß seines Wissens; er posaunte seine Antwort mit

Glanz heraus, erwartete das wohlwollende «Setzen Sie sich» und versuchte dabei immer weit über die Klasse hinaus – aus dem Fenster – zu sehen, wobei seine Lippen zu kauen und zu flüstern schienen. Danach riß er sich auf dieselbe Weise von dem spiegelnden Parkett los, ging schnell wieder an seinen Platz, setzte sich geräuschvoll und begann gleich zu schreiben oder in seinem Pult zu kramen, bis die allgemeine Aufmerksamkeit von ihm auf die nächste Frage gelenkt worden war.

Wenn während der Pausen etwas Witziges erzählt wurde und der Moment allgemeiner Heiterkeit Stein an seinem Pult überraschte, legte er den Kopf zurück, schloß die Augen, verkniff das Gesicht, um das Leiden auszudrücken, das ihm die Lachlust verschaffte, und schlug gleichzeitig, schnell-schnell, mit der Handkante aufs Pult, als wollte er mit diesen Schlägen von dem Lachen Abstand nehmen, das ihn erstickte; seine Lippen blieben unterdessen verschlossen und gaben keinen Laut von sich. Danach wartete er ab, bis die anderen sich beruhigt hatten, öffnete die Augen, wischte sie mit einem Taschentuch aus und sprach: «Uff.»

Er erzählte uns von seinen Schwärmereien: dem Ballett und dem Haus der Maria Iwanowna in der Kossoi-Straße, und seine Lieblingsredewendung, «Man muß Europäer sein», kam immer wieder an den passendsten und unpassendsten Stellen. «Man muß Europäer sein», sagte er und zeigte auf der Wanduhr, daß er genau eine Minute vor dem Gebet angekommen war. «Man muß Europäer sein», bemerkte er und erzählte, daß er am Vorabend von der Orchesterloge aus einem Ballett beigewohnt hatte. «Man muß Europäer sein», fügte er hinzu und ließ durchblicken, daß er nach dem Ballett zu Maria Iwanowna gegangen sei. Erst später, als Jegorow ihn zu verfolgen begann, verlor er ein bißchen seine Manie.

Jegorow war ebenfalls reich. Er war der Sohn eines Holzhändlers aus Kasan, sehr gepflegt, sehr parfümiert, mit einem scharfen Scheitel bis in den Nacken. Er hatte gelbe, gut eingefettete Haare, die wie lackiertes Holz glänzten, und wenn seine Frisur durcheinandergeriet, lösten sie sich in zusammenhängenden Flächen vom Kopf. Er hätte gut ausgesehen, wären nicht seine runden, wäßrigen Augen gewesen, glasige Vogelaugen, die, wenn er ein ernstes Gesicht machte, einen ängstlich verdutzten Ausdruck annahmen. Als Jegorow in den ersten Monaten nach seinem Eintritt in das Gymnasium ein leutseliges Verhalten annahm und sich selbst den Namen Jagoruschka gab, nannte jemand ihn abkürzend Jag, und dieser Spitzname blieb ihm.

Man hatte ihn nach Moskau kommen lassen, als er schon vierzehn Jahre alt war, und er wurde direkt in die vierte Klasse eingeschult. Der Aufseher führte ihn eines Morgens vor Stundenbeginn in die Klasse und schlug ihm gleich vor, das Gebet zu lesen, während fünfundzwanzig Augenpaare ihn unerbittlich anstarrten und angestrengt nach etwas suchten, das Anlaß zu Spott hätte geben können.

Das Gebet wurde gewöhnlich in monotoner Eile verlesen, und für uns bedeutete das die rituelle Verpflichtung, uns zu erheben, uns eine halbe Minute aufrecht zu halten und uns dann krachend wieder in die Pulte zu setzen. Aber Jag begann das Gebet mit Klarheit und künstlicher Inbrunst zu lesen, und gleichzeitig machte er das Zeichen des Kreuzes nicht wie alle anderen, sondern er schloß pietätvoll die Augen – verjagte eine Fliege von seiner Nase – und grüßte theatralisch; dann legte er den Kopf nach hinten, und seine glasigen Augen suchten das erhöht aufgehängte Heiligenbild der Klasse. Sofort war Gelächter zu hören, alle witterten einen Spaß – der Verdacht wurde bald zur Gewißheit, das verstreute Lachen wurde zu einem schallenden Gelächter, als Jag die Worte des Gebets kurz abbrach und einen glasigen Blick auf uns in die Runde warf, den Blick eines erstaunten, beunruhigten Huhns. Was den Aufseher anbetraf, so war er ungeheuer aufgeregt und schrie Jag und uns alle an, daß, wenn eine ähnliche Sache noch einmal passieren würde, er sie vor den «Rat» bringen würde. Es war nur eine Woche danach, und alle Welt wußte schon, daß Jag aus einer sehr frommen von den Raskolniks* abstammenden Familie kam – als eines Tages nach der Stunde derselbe Aufseher, ein schon bejahrter Mann, plötzlich auf Jag zukam, errötend wie ein junger Mann seine Hand ergriff, zur Seite blickte und unvermittelt sagte: «Sie, Jegorow, bitte, verzeihen Sie mir.» Und sofort riß er seine Hand brutal wieder los, entfernte sich tief gebückt im Flur und machte dabei mit seinen Armen Gesten, als pflückte er etwas von der Decke und würfe es jäh zur Erde. Jag hingegen zog sich ans Fenster zurück, drehte uns den Rücken zu und schneuzte sich lange. Aber das war nur der Beginn. In den oberen Klassen hatte Jag sich, nach Meinung der Schulleitung, sehr korrumpiert und das Trinken angefangen. Als er morgens in die Klasse kam, machte er absichtlich einen Umweg zur Bank, in der Stein saß, und ließ wie eine Wolke kostbaren Zigarrenrauches einen schrecklichen Rülpser auf Steins Nase los. «Man muß Europäer sein», erklärte er in die Kulissen. Obgleich Jag ganz allein in Moskau lebte und in einer Stadtresidenz kostspielige Zimmer gemietet hatte, obgleich er offensichtlich viel Geld bekam und oft in luxuriösen Kutschen in Damenbegleitung zu sehen war, arbeitete er sehr gut und regelmäßig, wurde als einer der besten Schüler angesehen, und nur wenige wußten, daß ihm in fast allen Fächern Repetitoren halfen.

* Raskolniks oder Alt-Gläubige (vom Wort Raskol – Bruch), Gegner der liturgischen Reform des Patriarchen Nikon (Mitte des 17. Jhs.). Es gibt sie heute noch.

Man konnte sagen, daß die ganze Klasse an uns dreien – Stein, Jag und mir, dem «Kopf» der Klasse, wie man uns bezeichnete – wie ein Hufeisen an einem Magneten hing. An einem Ende berührte uns dieses Hufeisen mit seinem besten Schüler, es entfernte sich entlang des Halbkreises, den schlechteren Noten folgend, und traf am anderen Ende, wo der schlechteste Schüler, ein Nichtsnutz, saß, wieder mit uns zusammen. Was uns, den Kopf der Klasse anbetraf, so war es, als vereinigten wir die Merkmale beider in uns: wir hatten die Noten des besten, bei der Direktion aber den Ruf des schlechtesten Schülers.

Auf der Seite der guten Schüler schloß Eisenberg zu uns auf. Von seiten der Taugenichtse war es Takadjew.

Eisenberg oder der «sehr Sanfte», wie man ihn nannte, war ein sehr bescheidener, sehr fleißiger jüdischer Junge. Er hatte eine seltsame Angewohnheit: bevor er etwas sagte oder auf eine Frage antwortete, verschluckte er seinen Speichel, half mit einer Neigung des Kopfes nach, und wenn er ihn hinuntergeschluckt hatte, sagte er «Mtä!» Alle hielten es für unerläßlich, sich über seine Enthaltsamkeit lustig zu machen – obwohl niemand die Realität dieser Keuschheit nachprüfen konnte und er selbst sie keineswegs bestätigte –, und oft, während der Pausen, untersuchte der Haufen, der ihn umgab, mit dem Befehl, «Los, Eisenberg, zeig uns deine letzte Geliebte», aufmerksam seine Hände. Wenn Eisenberg sich an einen von uns wandte, senkte er immer den Kopf, schielte aus seinen brennesselfarbenen Augen und hielt die Hand vor seinen Mund.

Takadjew war der Älteste und der Stärkste in der Klasse. Dieser Armenier wurde wegen seiner ungewöhnlichen Fähigkeit geliebt, das Ziel des Spotts von sich auf die katastrophale Note abzulenken, die er gerade erhalten hatte, und das im Unterschied zu den anderen ganz ohne Groll gegen den Lehrer, denn er selbst amüsierte sich noch mehr als die anderen. Er hatte, genau wie Stein, einen Lieblingsspruch, der unter folgenden Umständen auf die Welt gekommen war: Eines Tages überreichte ihm der Literatur-Professor, der gute, intelligente Semenow, als er die korrigierten Aufgaben zurückgab, sein Heft mit einem maliziösen Augenzwinkern und erklärte ihm, daß, wenngleich sein Aufsatz tadellos sei und sich nur ein unerheblicher Fehler darin finde – ein falsch gesetztes Komma –, er, Semenow, doch gezwungen sei, ihm wegen dieses Fehlers eine Null zu geben. Den Grund dieser auf den ersten Blick ungerechten Note müsse man in der wörtlichen Übereinstimmung des Aufsatzes von Takadjew mit dem von Eisenberg sehen, Übereinstimmung auch – und das sei das besondere Mysterium – in dem falsch gesetzten Komma. Semenow fügte sein bevorzugtes «Den Falken erkennt man an seinem Flug, den Bengel an seinem Rotz» hinzu und übergab Takadjew das Heft. Doch dieser blieb am Pult stehen. Er fragte Semenow noch einmal, wie es möglich sei und ob er recht gehört habe und was von diesen beiden gleichermaßen falsch placierten Kommata zu halten sei. Er bekam Eisenbergs Heft zu Vergleichszwecken, blätterte ausgiebig darin herum, verglich und verifizierte, auf seinem Gesicht eine stetig wachsende Verblüffung; schließlich, einer völligen Fassungslosigkeit Ausdruck gebend, warf er uns, die bereit waren, loszuplatzen, einen Blick zu und drehte seine weit aufgerissenen Augen sehr langsam in Richtung Semenow. «Eine sssolche Kauinzidanz», flüsterte er tragisch, zuckte mit den Schultern und ließ die Mundwinkel hängen. Die Null wurde gegeben, der Preis sozusagen gezahlt. Takadjew, der in Wirklichkeit die russische Sprache vollkommen beherrschte, hatte einfach die Gelegenheit benutzt, seine Kameraden zu belustigen, aber sich selbst auch, und zu allem Überfluß auch noch den Lehrer, der trotz seiner gnadenlosen Härte gern lachte.

Von solcher Art waren unsere Berührungspunkte mit den äußeren Enden des Hufeisens unserer Klasse, deren übrige Schüler um so entfernter und folglich farbloser erschienen, je mehr sie sich wegen ihres ewigen Kampfes zwischen den Noten 2 und 3 der Mitte des Hufeisens näherten. In dieser weit entfernten Mitte befand sich auch Wassilij Burkewitz, ein kleiner, struppiger Bursche mit schwarzen Punkten im Gesicht, als ihm in dem ruhigen und ganz und gar geregelten Leben unseres alten Gymnasiums ein sehr ungewöhnliches Abenteuer passierte.

IV

Wir waren in der fünften Stunde, und es war im Deutschkurs, den von Volkmann hielt, ein völlig glatzköpfiger Mann mit rotem Gesicht und weißem, rostdurchsetztem Schnurrbart à la Mazeppa. Er befragte Burkewitz (er nannte ihn Burkewitz mit Akzent auf dem u) zunächst an dessen Platz, dann aber, als jemand beharrlich vorsagte, nahm sein karottenfarbener Teint die Farbe Roter Bete an, und er befahl Burkewitz, aus seiner Bank an die Tafel zu kommen und zog schon selbstverliebt an seiner Wut-Bremse, dem rostig-weißen Schnurrbart, wobei er «Verdammte Bummelei» * murmelte. An der Tafel hatte Burkewitz begonnen, die Lektion aufzusagen, als ihm etwas äußerst Unangenehmes passierte: er gähnte, aber auf so unglückliche Weise, daß seine Nase einen Rotzfaden losließ, der, hin- und herschwingend, ihm fast bis zum Gürtel herunterhing. Alle feixten. «Was ist denn wieder los?» fragte Volkmann und fügte dann, nachdem er sich umgedreht und gesehen hatte, hinzu: «Na, ich danke.» ** Burkewitz, Schamesröte auf den Wangen, dann erbleichend bis ins Grünliche, suchte mit fahrigen Händen in seinen Taschen. Aber er hatte kein Taschentuch. «He, mein Lieber, du solltest dir deine Austern lieber abreißen», bemerkte Jag. «Gott ist barmherzig, und wir haben wieder etwas zum Verspeisen heute abend.» – «Eine sssolche Kauinzidanz», wunderte sich Takadjew. Die ganze Klasse brüllte schon vor Lachen, und Burkewitz, völlig außer Fassung und schrecklich bedauernswert, stürzte in

* Im Original deutsch.
** Im Original deutsch.

den Flur hinaus. Volkmann dagegen schlug mit dem Bleistift auf seinen Tisch und schrie «Rrruhe», aber in dem allgemeinen Krach hörte man nur das Rollen des ersten Buchstabens, ein Ton, der wunderbar den Ausdruck seiner Augen illustrierte, die so weit aufgerissen waren, daß wir mehr Angst um ihn als um uns selber hatten.

Am folgenden Tag jedoch, in der Deutschstunde, rief Volkmann, der sichtlich guter Laune war und sich amüsieren wollte, von neuem Burkewitz auf. «Buk w tz! Übersetzen Sie weiter», befahl er und fügte mit gespieltem Entsetzen hinzu, «aber selbstverständlich nur im Falle, daß Sie heut 'n Taschentuch besitzen!» * Volkmann hatte die Eigentümlichkeit, daß man nur in Kenntnis der vorausgegangenen Ereignisse erraten konnte, ob er hustete oder lachte. Wo man ihn jetzt nach diesen Worten sah, wie er den Mund weit aufriß und eine glucksende, kochende, heisere Flut daraus entließ, wo man seinen rostigen Schnurrbart sich heben sah, als käme ein fürchterlicher Wind aus seinem Mund, wo man auf seiner erdbeerfarben angelaufenen Kahlheit eine violette Vene von der Dicke eines Bleistifts anschwellen sah – da brach die ganze Klasse in wildes Gelächter aus. Stein aber, den Kopf nach hinten gelegt, die Augen schmerzhaft geschlossen, schlug mächtig mit seiner bloßen Faust aufs Pult, und erst als alle sich beruhigt hatten, wischte er sich die Augen und machte «Uff».

Erst einige Monate später begriffen wir, wie grausam und unangebracht dieses Lachen gewesen war.

Denn nach seinem Mißgeschick verließ Burkewitz den Kurs, und am nächsten Tag erschien er mit einem fremdartigen Gesicht, einem Gesicht aus Holz. Von diesem Tag an hörte die Klasse auf, für ihn zu existieren, als hätte er uns beerdigt, und es ist wahrscheinlich, daß wir ihn auch binnen

* Im Original deutsch.

kurzem vergessen hätten, wenn ein bis zwei Wochen später die Unterrichtenden und wir nicht eine äußerst seltsame Sache bemerkt hätten: Burkewitz, der immer Noten zwischen 2 und 3 gehabt hatte, fing plötzlich an, sich auf kraftvolle und unvorhergesehene Weise aus der Mitte des Klassen-Hufeisens herauszubewegen und rückte zunächst langsam, dann schneller und schneller auf diesem Eisen in Richtung Eisenberg und Stein vor.

Diese Bewegung war zunächst sehr bedächtig und vorsichtig. Es ist überflüssig zu erwähnen, daß sich der Lehrer gewöhnlich auch in seiner Notengebung weniger von den Kenntnissen leiten läßt, die ein Schüler im Augenblick der Prüfung unter Beweis stellt, als von dem Ruf, den sich der Schüler im Laufe der Jahre erworben hat. Es kam vor, wenn auch sehr selten, daß die Antworten eines Stein oder Eisenberg für sich genommen so durchschnittlich waren, daß ein Takadjew, wenn er an ihrer Stelle gewesen wäre, sicherlich eine 3 bekommen hätte. Aber da es sich um Eisenberg oder Stein handelte, die immer schon Titelträger einer 5 gewesen waren, gab ihnen der Lehrer selbst für eine solche Antwort, wenn auch vielleicht widerwillig, eine 5. In dergleichen Fällen wäre es ebensowenig berechtigt, die Lehrer der Ungerechtigkeit zu bezichtigen, wie die ganze Welt wegen ihrer Ungerechtigkeit anzuklagen.

Es kommt häufig vor, daß gefeierte Künstler, die in der Welt der schönen Künste an die 5 gewöhnt sind, von ihren Kritikern begeisterte Besprechungen für so mittelmäßige und zusammenhanglose Werke erhalten, daß, wären sie von einem Unbekannten geschaffen worden, dieser bestenfalls auf die 3 eines Takadjew hätte zählen können. Aber die Hauptschwierigkeit von Burkewitz war nicht seine Unbekanntheit, sondern – und das war weit schlimmer – sein seit Jahren bestehender Ruf als Inhaber einer durchschnittlichen 3, und es war vor allem dieser Ruf von Durchschnittlichkeit, der sein Vorankommen verhinderte und sich wie ein unüberwindliches Hindernis vor ihm erhob.

Das galt wohlgemerkt nur für den Beginn. Allgemein gesprochen, ist die Psychologie des Notensystems so beschaffen, daß es einer Ozeanüberquerung gleicht, von einer 3 zu einer 4 zu kommen, daß die 5 aber in Reichweite der 4 liegt. Inzwischen machte Burkewitz Tempo. Langsam und beharrlich, ohne einen Daumenbreit zurückzuweichen, immer voran, folgte er der Kurve und kam näher und näher an Eisenberg, näher und näher an Stein heran. Am Ende des Schuljahres (die Geschichte mit dem Gähnen fand im Januar statt) war er schon nahe an Eisenberg, obgleich er ihn mangels Zeit nicht einholen konnte. Aber als Burkewitz nach dem letzten Examen immer noch mit seinem hölzernen Gesicht und ohne jemandem auf Wiedersehen zu sagen in die Garderobe ging, konnten wir noch nicht ahnen, daß wir Zeuge seines verbissenen Kampfes sein würden, seines Kampfes um die Vorherrschaft, der von Beginn des neuen Schuljahres an losgehen würde.

V

Der Wettkampf begann von den ersten Tagen an: auf der einen Seite Wassilij Burkewitz, auf der anderen Eisenberg und Stein. Auf den ersten Blick mochte er sinnlos erscheinen: Burkewitz wie Eisenberg und Stein bekamen nur Fünfen. Aber trotzdem wurde der leidenschaftliche Kampf um eine unsichtbare Vorherrschaft weitergeführt, um den Aufstieg zur höchsten Stufe dieser 5, die zwar unmöglich im Klassenbuch in Erscheinung treten konnte, von den Schülern und von den Unterrichtenden jedoch als feines, aber wesentliches Indiz der in Frage stehenden Vorherrschaft angesehen wurde.

Der Geschichtslehrer folgte diesem Wettbewerb mit besonderer Aufmerksamkeit, und es kam vor, daß er alle drei – Eisenberg, Stein und Burkewitz –, einen nach dem anderen, in derselben Stunde befragte. Ich werde nie die elektrisierte Stille in der Klasse vergessen, die feuchten, brennenden, gefräßigen Augen aller, die versteckte, aber um so heftigere Unruhe, und mir scheint, wir empfanden dasselbe wie vor einem Stierkampf, doch war es uns nicht möglich, unsere Erregung durch Schreie auszudrükken.

Eisenberg kam als erster. Dieser kleine, ehrliche Arbeiter wußte alles. Er wußte alles, was man wissen mußte, er wußte sogar mehr, er wußte mehr, als man ihn fragte. Wenn die Kenntnisse, die für diesen Kurs verlangt wurden, in einer trockenen, wenn auch tadellosen, exakten und unfehlbaren Aufzählung der historischen Ereignisse vorgetragen wurden, so waren die Kenntnisse, die man nicht von ihm verlangte und mit denen er glänzen wollte, doch nichts als ein Vorgeschmack auf die Lektionen, die noch kommen sollten.

Danach trat Stein vor, schneller als gewöhnlich, und seine schiefe Silhouette ließ das ganze Zimmer sich neigen. Von neuem dieselbe Frage, die Eisenberg gestellt worden war, und Stein machte sich daran, meisterhaft zu posaunen. Das war nicht mehr Eisenberg mit seinem verschluckten Speichel und seinen ungeformten «Mtäs» vor jedem Satz; in einer Weise war das, was Stein vortrug, brillant. Er knatterte los wie ein Motor von großer Kraft, unablässig lossprühend trieben die Funken der Fremdworte seine Rede an, die lateinischen Zitate stellten sich als wohlgesetzte Brücken dar, und seine gemeißelte Aussprache trug all das an unser Gehör, erlaubte uns, daß wir dabei angenehm ausruhten, ohne die Ohren spitzen oder uns anstrengen zu müssen, ließ aber gleichzeitig nicht zu, daß ein einziger Klangtropfen ins Nichts verschüttet wurde.

Um abschließend das alles mit einem glänzenden Resümee zu vervollständigen, gab Stein uns auf sehr einleuchtende Weise zu verstehen, daß er, Stein, als Mann seines Jahrhunderts, wenn er uns all das erzählte, sich in Wirklichkeit nur zu den Menschen abgelaufener Jahrhunderte herabließ, die er von oben betrachtete. Daß er, der jetzt die Automobile und die Flugzeuge, die Zentralheizung und die Schlafwagen-Gesellschaft zu seiner Verfügung hatte, sich vollkommen berechtigt schätzte, die Menschen der Epoche der Fortbewegung durch Pferdekraft von oben herab anzusehen, und daß er, wenn er diese Vergangenheit studierte, es vielleicht nur machte, um sich einmal mehr der Größe unseres erfinderischen Jahrhunderts zu versichern.

Und schließlich Wassilij Burkewitz, und von neuem dieselben Fragen wie bei den beiden anderen. Bei den ersten Worten enttäuschte Burkewitz. Er zeigte ein bißchen zu trocken die Richtung seiner Erzählung an; unsere verwöhnten Ohren erwarteten aber den scharfen Trommelschlag Steins. Aber schon nach wenigen Sätzen erwähnte Burkewitz wie beiläufig ein kleines Detail aus dem alltäglichen Leben der Zeit, von der er sprach, als würde er plötzlich die Hand heben und eine prachtvolle Rose auf die historischen Grabhügel werfen. Nach diesem ersten alltäglichen Zug folgte ein zweiter, so vereinzelt wie Regentropfen vor dem Gewitter, dann ein dritter, dann viele und schließlich ein ganzer Regen, so daß er in der Entwicklung der Ereignisse immer langsamer und schwerer vorankam. Und die alten Gräber, wie von Blumen geschmückt, die eine nach der anderen niedergelegt worden waren, schienen frisch ausgehoben, ganz neu und dem Gedächtnis gegenwärtig. Das war der Anfang.

Kaum hatte die Macht dieses Einstiegs uns die alten Häuser und die Gärten von einst, die Taten dieser vergangenen Zeiten nahegebracht, als sich Steins Standpunkt widerlegt fand, der unsere Zeit im Verhältnis zur Vergangenheit aufwertete, weil ein Luxus-Expreß in zwanzig Stunden eine Strecke zurücklegte, für die man früher, in jenen fernliegenden Zeiten der Fortbewegung durch Pferdekraft, mehr als eine Woche gebraucht hatte. Durch geschicktes Umkreisen der alltäglichen Sitten von Gegenwart und Vergangenheit – das ein wenig vorsätzlich wirkte – gab Burkewitz uns, ohne es auszusprechen, zu verstehen, daß Stein sich auf eine falsche Fährte begeben hatte. Daß der Unterschied zwischen den Menschen, die zur Zeit der Fortbewegung durch Pferdekraft gelebt hatten, und denen, die in der Gegenwart lebten, in der Zeit der technischen Vervollkommnung – dieser Unterschied, der Stein zufolge, ihm, dem Menschen der Gegenwart, das Recht gab, sich den Menschen vergangener Zeiten überlegen zu fühlen – in Wirklichkeit nicht existierte und daß es im Gegenteil, aller Verschiedenheit zum Trotz, gerade die Gleichartigkeit sei, welche die frappierende Ähnlichkeit der menschlichen Beziehungen zwischen den Zeiten erkläre, als man eine Woche brauchte, um eine bestimmte Strecke zurückzulegen, und der Gegenwart, wo man dieselbe Entfernung in zwanzig Stunden durcheilte. So wie heute die sehr reichen Leute kostbar gekleidet in internationalen Schlafwagen reisten, so fuhren sie früher, wenn auch auf andere Weise, warm in Zobel eingemummelt, in Kutschen, die mit Seide ausgeschlagen waren; wie es heute Leute gab, die vielleicht weniger reich, aber immer noch gut gekleidet in der zweiten Klasse reisten, mit dem Ziel, sich im Leben die Mittel zu verschaffen, um Schlafwagen zu fahren, so gab es früher Leute, die in Fuchspelze gehüllt in bescheideneren Kutschen fuhren und deren Ziel es war, eine teurere zu erwerben und den Fuchs durch einen Zobel zu ersetzen; wie es jetzt Leute gab, die in der dritten reisten, die sich den Preis der Geschwindigkeit nicht leisten konnten und mit den harten Dielen des Postzugs vorliebnehmen mußten, so gab es früher Menschen ohne Geld und Rang, die es sich gefallen lassen mußten, von den Wanzen des Diwans einer Poststation verzehrt zu werden; schließlich, ebenso wie es heute hungrige, erbärmliche, zerlumpte Menschen gab, die die Bahngleise entlangwanderten, gab es früher genauso hungrige und erbarmungswürdige Menschen, die sich in ähnlichen Lumpen die Poststrecken entlangschleppten. Seit langem waren die Seide vermodert, die Karossen zerfallen, die Motten hatten den Zobel gefressen, während die Menschen, als seien sie dageblieben, als seien sie nicht gestorben, mit derselben mittelmäßigen Eitelkeit, demselben Neid und derselben Mißgunst in die Welt der Gegenwart eingetreten waren. Die Operetten-Vergangenheit Steins, die von Lokomotive und Elektrizität abgewertet worden wäre, existierte nicht mehr, denn die Vergangenheit, die Burkewitz uns mit seinem Können nahebrachte, nahm immer deutlicher die Züge unserer Gegenwart an. Und erneut kam er auf Ereignisse zurück, brachte Züge des täglichen Lebens in sie ein, verglich Charaktere und Taten einzelner Individuen und drehte beharrlich alles in die Richtung, die ihm wichtig war. Der Bogen seiner Erzählung mündete nach zahlreichen Vergleichen – da keine Behauptungen aufgestellt wurden – nur noch um so überzeugender in die Schlußfolgerung – die er nicht aussprach, sondern uns überließ –, daß man in der Vergangenheit, dieser weit entfernten Vergangenheit, nicht diese empörende, diese gotteslästerliche Ungerechtigkeit übersehen konnte: das Mißverhältnis zwischen den guten Eigenschaften der Menschen und ihren Fehlern, zwischen den Zobeln und den Lumpen, die die einen oder die anderen bedeckten. So war es in der Vergangenheit. Was die Gegenwart betraf, spielte er gar nicht erst auf sie an, als wüßte er genau, daß wir die empörende Ungerechtigkeit unseres Heute von Grund auf kannten. Aber das Spinnennetz war gewoben. Es war unmöglich, Burkewitz nicht auf diesem unzerbrechlichen verstrebten stählernen Gestänge hinterherzumarschieren, und wir kamen zu der unerschütterlichen Überzeugung, daß es früher, zur Zeit der Fortbewegung durch Pferdekraft, wie auch jetzt, zur Zeit der Lokomotiven, für einen dummen Menschen leichter war zu leben, als für einen intelligenten, für einen verschlagenen leichter als für einen ehrlichen, daß der Grausame mehr Beifall bekam als der Schwache, der Lügner leichter satt wurde als der Tugendhafte und der Genießer mehr Lüste hatte als der Enthaltsame. Daß dies immer so gewesen sei und immer so sein werde, solange der Mensch auf Erden lebe.

Die Klasse hielt den Atem an. Im Raum waren fast dreißig Menschen, aber ich hörte deutlich in der Tasche meines Nachbarn das Ticken der Uhr, deren Tragen vom Reglement untersagt war. Der Geschichtslehrer runzelte von der Höhe seines Pults seine rötlichen Augenbrauen über dem

Klassenbuch und verzog von Zeit zu Zeit sein Gesicht, wobei er mit allen seinen fünf Fingern sein Bärtchen kratzte, als wollte er sagen: «Das wird vielleicht eine Note geben.»

Burkewitz beendete seine Erzählung mit der Erinnerung an das Böse, das sich viele Jahrhunderte lang entwickelt und sich nach und nach der menschlichen Gesellschaft bemächtigt hatte und das jetzt endlich, in unserer Zeit der technischen Vervollkommnung, überall den Menschen angesteckt hatte. Das Böse war die Dummheit. Die Dummheit, die in der Neigung des Menschen steckt, alles, was er nicht versteht, zu verachten, und deren Ausdehnung sich in dem Maß erweitert, wie sich die Nutzlosigkeit und Mittelmäßigkeit der Dinge, der Sachen und Tatsachen, vergrößert, die in diesem Menschen Bewunderung hervorrufen.

Und wir begriffen. Es war ein Stein, der geschickt in die Fratze Steins geschleudert worden war, der gerade in diesem Moment, wohl wissend, daß jetzt alle Blicke auf ihn gerichtet waren, in seinem Pult verbissen nach etwas suchte.

Aber während wir wußten, auf wen dieser Stein geschleudert worden war, begriffen wir auch etwas anderes: die seit Jahrhunderten bestehende Ungerechtigkeit, auf die Burkewitz anspielte und die hoffnungslos erschien, stürzte ihn weder in Niedergeschlagenheit noch machte sie ihn wütend, sondern sie diente ihm als Brennstoff, eine extra für ihn zubereitete Substanz, die ohne zerstörerische Explosion in seinem Innersten floß und mit einem regelmäßigen, ruhigen, mächtigen Feuer brannte.

Wir sahen seine Füße in den schmutzigen, abgetretenen Schuhen, seine abgewetzten Hosen mit häßlichen Ausbeulungen an den Knien, seine wie Billardkugeln ausgegossenen Wangen, seine winzigen grauen Augen und seine knochige Stirn unter seiner schokoladenfarbenen Tolle, und wir erblickten, wir fühlten in ihm auf eine scharfe, unwiderstehliche Weise die schreckliche russische Kraft gären und wachsen, die keine Barriere, kein Hindernis, keinen Damm kennt, eine Macht aus Stahl, einsam und eigensinnig.

VI

Dieser Wettkampf zwischen Burkewitz, Stein und Eisenberg, dieser Kampf, in dem die Überlegenheit Burkewitz' ausnahmslos von allen wahrgenommen wurde, fand ein Ende, sobald die einhellige Meinung der Klasse sich laut bekundet hatte.

Das geschah ganz zufällig. Eines Tages Anfang November kam ein Schüler der Abschlußklasse am Morgen, als jeder in seiner Bank den Geschichtslehrer erwartete, so resolut herein, daß die ganze Klasse ihn für den Lehrer hielt und sich erhob. Man vernahm so ausgefallene und dazu noch so einmütige Flüche, daß dieser Schüler frech aufs Lehrerpult stieg und mit erhobenen Armen sagte: «Entschuldigen Sie, meine Herren, aber ich frage mich, wo bin ich? Ist dies eine Zelle im Staatsgefängnis, wo man einen Kameraden mit dem Direktor verwechselt, oder ist es die 6. Klasse eines klassischen Moskauer Gymnasiums? Meine Herren», fuhr er mit größter Ernsthaftigkeit fort, «ich bitte Sie um eine Minute der Aufmerksamkeit. Heute früh ist der Herr Minister für öffentliche Erziehung in Moskau eingetroffen, und es gibt Gründe anzunehmen, daß er uns morgen im Laufe des Tages einen Besuch abstatten wird. Ich halte es für nützlich, Ihnen zu sagen – und Sie wissen es selbst sehr gut –, welche Bedeutung für unsere Schule der Eindruck haben wird, den der Herr Minister aus diesen Mauern mitnehmen wird. Es ist ebenso offensichtlich, daß die Leitung dieser Schule, obgleich es ihr nicht möglich ist, sich mit uns im Sinne einer wie auch immer gearteten Vorbereitung auf diesen Besuch abzustimmen, es doch mit wohlwollendem Auge sehen würde, wenn von uns selbst etwas unternommen würde. Meine Herren, ich bitte Sie jetzt, mir Ihren besten Schüler zu nennen, welcher heute abend an einer kleinen Versammlung teilnehmen sollte. Als Ihr Delegierter wird er Ihnen die getroffene Entscheidung mitteilen, und jeder von denen, die das Ansehen unserer ruhmreichen Schule zu erhalten wünschen, sollte bedingungslos gehorchen.»

Nachdem er dies gesagt hatte, hob er ein geöffnetes Heft unter seine zweifellos sehr kurzsichtigen Augen, richtete den Bleistift aufs Papier, blinzelte wie in Erwartung eines Geräusches mit den Augen und sagte: «Wie ist der Name?»

Die Klasse brüllte in einem Stimmengewirr, als brummten Hunderte bösartiger Fliegen gegen die Scheiben: «Bur-ke-witz.» Und hinten fügte jemand sogar mit erhitzter Stimme hinzu: «Waska, tritt vor», obgleich es nichts zum Vortreten gab und es keineswegs nötig war. Der Schüler notierte den Namen, dankte und ging schnell hinaus. Die Partie war verloren, der Kampf war beendet. Burkewitz hatte gewonnen.

Und als wüßte er, daß der Wettkampf abgeschlossen war (aber vielleicht auch aus anderen Gründen), nahm der Geschichtslehrer, der hereingekommen war, mit ingrimmig schlurfenden Füßen am Pult Platz und rief sogleich Burkewitz auf, die Lektion vorzutragen. «Ich möchte Sie bitten, in den Grrenzen des Ppprogramms zu bleiben.» Und Burkewitz begriff. Er begann, die Lektion aufzusagen, er rezitierte sie im Geiste der Schulordnung, im Geiste der intakten Ehre unseres ruhmreichen Gymnasiums, im Geiste des Herrn Erziehungsministers, der an diesem selbigen Morgen in Moskau angekommen war.

VII

«Hätte der Rotz nicht einen Mann aus mir gemacht, ich wäre ein Rotzbubi geworden und nicht ein Mann», erklärte mir Burkewitz während des Abschlußexamens, nachdem der Skandal, der sich mit dem Schulpriester ereignet hatte, uns ein wenig angenähert hatte. Aber das war schon während unserer Abschiedstage in der Schule; bis dahin wandte Burkewitz sich weder an mich noch an sonst einen, sondern sah uns weiter als Fremde an, und während all dieser Zeit hatte er, außer wenn es schulisch unumgänglich war, nur ein paar Worte zu Stein gesagt, und zwar unter den folgenden Umständen.

Eines Tages während der großen Pause scharte sich die Menge der Schüler um Stein und sprach von rituellen Morden; irgend jemand fragte mit einem blutrünstigen Grinsen, ob er, Stein, an ihre Praxis glaube. Stein lächelte auch, aber als ich dieses Lächeln sah, zog sich mein Herz seinetwegen zusammen: «Wir Juden lieben es nicht», sagte er, «Blut fließen zu lassen. Wir saugen es lieber. Was soll man machen, man muß Europäer sein!» In diesem Moment wandte sich Burkewitz, der daneben stand, zum erstenmal an Stein, auf eine Weise, die niemand vorausgesehen hatte. «Es scheint mir, Herr Stein», sagte er, «Sie haben Angst vor dem Antisemitismus. Nun, Sie haben unrecht. Der Antisemitismus ist nicht furchterregend, er ist nur widerwärtig, bedauernswert und dumm: widerwärtig, weil er gegen das Blut gerichtet ist und nicht gegen die Person; bedauernswert, weil er neidisch ist, während er sich für verachtend hält; dumm, weil er das, was er zerstören möchte, nur noch um so mehr konsolidiert. Die Juden werden nur dann keine Juden mehr sein, wenn es auf moralischem Gebiet entehrend geworden ist. Und es wird auf moralischem Gebiet entehrend geworden sein, Jude zu sein, wenn die Herren Christen endlich wirklich Christen geworden sind, anders gesagt, Menschen, die sich bewußt einschränken, um die Lebensbedingungen aller anderen zu verbessern, und aus dieser Beschränkung Lust und Freude ziehen. Aber das ist noch nicht geschehen und es erweist sich, daß 2000 Jahre dazu nicht genug waren. Und darum, Herr Stein, haben Sie unrecht, zu reden und sich zu mühen, eine zweifelhafte Ehre zu erkaufen, indem Sie vor diesen Ferkeln das Volk erniedrigen, dem anzugehören Sie selber die Ehre, hören Sie mir gut zu, die Ehre haben. Schämen Sie sich, daß ich, ein Russe, Ihnen, einem Juden, das sagen muß.»

Ich hielt den Atem an wie alle anderen auch. Und es erschien mir, daß ich, wie die anderen, zum erstenmal, zum erstenmal in meinem Leben einen scharfen und süßen Stolz aus meinem Bewußtsein gewann, ein Russe zu sein und unter uns ein Wesen, und sei es auch nur ein einziges, wie Burkewitz zu haben. Weshalb und woher mir dieser Stolz kam, wußte ich nicht sehr genau. Ich wußte nur, daß Burkewitz einige Worte gesagt hatte, doch ohne sie schon begriffen zu haben, hatte ich in ihnen etwas von einer ritterlichen Besonderheit ausgemacht, diesem ritterlichen Geist der Selbsterniedrigung zur Verteidigung eines schwachen und unglückseligen Andersrassigen, diesem ritterlichen Geist, der so typisch ist für den russischen Menschen in seinen nationalen Problemen. Und weil keiner von uns Burkewitz beschimpfte, weil die Menge, die Stein umgab, sich schnell zerstreute, als wollte sie nicht an einer ihr unwürdigen Affäre teilnehmen, und weil einige sagten: «Das ist wahr, Waska, das stimmt, Waska, bravo», hatte ich den Eindruck, daß die anderen genau dasselbe empfanden wie ich und daß sie Burkewitz wegen dieses würdigen Gefühls von Nationalstolz zustimmten, das er ihnen mit seinen Worten verschafft hatte. Aber Stein selbst empfand diese Gefühle natürlich nicht, konnte sie nicht empfinden. Er wandte sich mit zornigem Lächeln brüsk ab und ging hinüber zu Eisenberg, schob seine gewaltigen weißen Finger unter dessen Gürtel, zog ihn an sich heran und sprach zu ihm mit leiser Stimme.

In den ersten Augenblicken, die folgten, empfand ich für Stein eine Art dumpfer Antipathie. Diese Antipathie verschwand allerdings sehr schnell: ich begriff, daß ich mich an dem Tag, als meine Mutter während der Pause mit dem Umschlag zur Schule gekommen war, genauso wie Stein verhalten hatte, ich hatte sie verleugnet, weil ich so meine Würde zu retten glaubte – und wenn in dem Augenblick derselbe Burkewitz auf uns zugekommen wäre, um mir zu sagen, daß es sich für einen Sohn nicht gehöre, sich seiner Mutter zu schämen und sie zu verleugnen, nur weil sie alt, häßlich und zerlumpt sei – sondern daß ein Sohn seine Mutter in dem Maße, wie sie alt, schwach und heruntergekommen sei, nur noch um so mehr lieben müsse –, wenn mir in dem Moment etwas Ähnliches passiert wäre, so wären diejenigen Schüler, die mich auf die alberne Figur in Röcken angesprochen hatten, sehr wahrscheinlich vollkommen einer Meinung mit Burkewitz gewesen und wären mit ihm in einen Chor eingefallen – ich aber hätte in diesem peinlichen Moment nicht die mir von einem Fremden aufgedrängte Liebe zu meiner Mutter empfunden, sondern eher Feindschaft gegen diesen Menschen, der sich in etwas einmischte, das ihn nichts anging.

Von dieser Gefühlsverwandtschaft bewegt, ging ich ebenfalls zu Stein, faßte ihn um die Taille und schritt mit ihm den Flur entlang.

VIII

Vierzehn Tage vor Beginn der Abschlußexamina im April, als der Krieg mit Deutschland schon seit mehr als anderthalb Jahren in vollem Gange war, hatten alle Schüler, die mich näher angingen, und ich selber auch, entschieden alles Interesse an ihm verloren.

Ich erinnere mich noch sehr gut, daß ich während der ersten Tage nach der Kriegserklärung sehr bewegt war und daß diese Erregung äußerst angenehm, forsch und vielleicht sogar freudig war. Den ganzen Tag über lief ich durch die Straßen, untrennbar vereint – wie zu Ostern – mit einer müßig-gängerischen Menge, und zusammen mit dieser Menge brüllte ich viel und beleidigte lauthals die Deutschen. Ich beleidigte sie nicht, weil ich sie haßte, sondern weil meine Beschimpfungen und Beleidigungen das angenehme Gefühl tiefer Gemeinsamkeit mit der mich umgebenden Menge nur noch verstärkte. Hätte man mir in diesem Moment einen Abzugshahn gezeigt und mich eingeladen, ihn zu bedienen, und mir gesagt, daß die Betätigung dieses Abzugs ausreichen würde, Deutschland in die Luft zu sprengen, Krüppel zu machen, und daß, wenn ich diesen Hebel bewegte, nicht ein einziger Deutscher am Leben bleiben würde, ich hätte ihn ohne Zögern und mit Lust gezogen, und danach hätte ich salutiert. So sicher war ich, daß diese Menge, wenn es realisierbar gewesen und realisiert worden wäre, in wilden, frenetischen Jubel ausgebrochen wäre.

Wahrscheinlich ist es genau diese geistige Berührung, diese bittersüße Gemeinsamkeit mit einer solchen Menge, die meine Einbildungskraft gehindert hatte, loszubrechen wie einige Tage danach, als ich in der Dunkelheit meines kleinen Zimmers auf dem Diwan lag und mir vorstellte, mitten auf einem großen Platz voller Menschen auf einem Schafott zu stehen; man brachte mir einen kleinen, bleichhäutigen deutschen Jungen, den ich exekutieren sollte. «Schlag ihn», sagte man, «nein», befahl man mir, «schlag ihm die Rübe ein – dein Leben, das Leben deiner Nächsten, das Glück und Aufblühen deiner Heimat hängen davon ab. Wenn du ihn nicht umbringst, wirst du grausam bestraft.» Und ich, nachdem ich die blonde Schläfe dieses kleinen deutschen Jungen und seine klaren, flehenden Augen betrachtet hatte, warf das Beil von mir und sagte: «Macht, was ihr wollt, ich weigere mich.» Und als sie meine Antwort hörten, diese Zurückweisung des Opfers, schlug die Menge in wildem Jubel in die Hände. Das war mein Traum wenige Tage später.

Aber wie ich in meinem ersten Wahnbild, wo ich allein durch die Betätigung eines Hebels 60 Millionen Menschen umgebracht hatte, keineswegs von Feindschaft diesen Leuten gegenüber bewegt war, sondern lediglich von dem berechneten Erfolg, so war ich bei der Weigerung, diesen kleinen Jungen zu töten, den man vor meinen Augen aufgestellt hatte, weniger von dem Schrecken bewegt, das Blut eines anderen fließen zu lassen, weniger von der Hochachtung vor einem menschlichen Leben als von der Begierde, meine Person um so großartiger auszuzeichnen, je höher der Preis der Weigerung war.

Einen Monat später hatte ich all meine Begeisterung für den Krieg verloren, und als ich mit neu entfachter Bewunderung in den Zeitungen las, daß die Russen irgendwo die Deutschen geschlagen hatten, fügte ich hinzu: «Geschieht ihnen recht, diesen Hunden, was müssen sie auch ihre Nase nach Rußland reinstecken!» Und als ich wieder einen Monat später von einem Sieg der Deutschen über die Russen las, sagte ich in derselben Art: «Geschieht ihnen recht, diesen Hunden, was mußten sie sich auch mit den Deutschen anlegen.» Und noch einen Monat später brachte mich ein Pickel, der plötzlich auf meiner Nase erschienen war, mehr in Rage, beschäftigte und beunruhigte mich, wenn auch nicht stärker, so doch aufrichtiger als der Weltkrieg. In all diesen Worten – Krieg, Sieg, Niederlage, Getötete, Gefangene, Verwundete –, in all diesen beängstigenden Worten, die in den ersten Tagen des Krieges spannend und lebendig waren – wie Goldfische in der hohlen Hand –, in all diesen Worten war das Blut, mit dem sie geschrieben worden waren, für mich trocken geworden, und getrocknet war es nur noch Druckerschwärze. Diese Worte waren wie kaputte Glühbirnen geworden: der Schalter machte «klack», aber das Licht ging nicht an – die Worte wurden ausgesprochen, aber es tauchte kein Bild auf. Ich konnte überhaupt nicht mehr begreifen, daß der Krieg Leute aufrichtig erregte, die er direkt gar nicht anging, und von der Tatsache ausgehend, daß Burkewitz schon seit drei Jahren keinerlei Beziehung zu mir noch zu sonst jemand aus der Klasse hatte, konnten wir seine Meinung über den Krieg natürlich nicht kennen, wir waren allerdings völlig sicher, daß diese Meinung sich nicht von der unsrigen unterscheiden konnte. Die Tatsache, daß er nicht an dem Gebet für den Sieg teilgenommen hatte, war allgemein nicht bemerkt worden, und man erinnerte sich nach der weiter unten erzählten Auseinandersetzung daran; was hingegen seine ständige Abwesenheit bei den militärischen Vorbereitungslehrgängen anging, die schon seit einigen Monaten an der Schule eingeführt worden waren, so wurde sie entweder mit Gesundheitsgründen gerechtfertigt oder aus der Absicht heraus, nichts von seiner Vormachtsstellung, und sei es auch nur körperlich, an den mediokren Takadjew abzutreten, der sich als bemerkenswert starker und geschickter Bursche erwiesen hatte. Als ich jenem schrecklichen Wortgefecht beiwohnte, wußte ich in meiner Ignoranz noch nicht einmal, daß die Worte, die Burkewitz aussprach, bloß der Donner zu jenem Blitz war, der schon seit mehreren Jahrzehnten von dem «Nest der Edelleute» der Jasnaja Poliana ausgesandt worden war.

IX

In unserer Abschlußklasse gab es eine Freistunde. Der Lehrer für Literatur war krank geworden, und die Schüler gingen auf dem Flur umher, wobei sie sich bemühten, keinen Lärm zu machen und die Stunden der 6. und der 7. Klasse nicht zu stören, deren Türen auf dieselbe Sektion führten. Die Schulleitung war nicht anwesend, der Aufseher unserer Klasse vertraute auf uns, die er jetzt als «Studenten minus ein Viertel» einstufte, und er hatte sich in das Lehrerzimmer in der unteren Etage zurückgezogen. Die meisten von uns waren aufgeregt – die Abschlußexamina würden in etwa zehn Tagen beginnen: es war die letzte Etappe des Gymnasiums.

In der Nähe des großen Fensters mit drei Flügeln gleich neben der Tür hatte ein kleiner Kreis von Schülern sich um Jag versammelt, der leise, aber nachdrücklich etwas erzählte. Einer, der antwortete, schnitt ihm das Wort ab, und Jag, der sichtlich entnervt war, vergaß die Verpflichtung, leise zu sprechen, und stieß laut schreiend aufreizende Flüche aus.

In diesem Moment hatten die meisten schon gesehen, worum es ging, die ganze Gruppe fand sich wieder zusammen, und der Kreis um Jag wurde zu einem Halbkreis um den Schulpriester. Niemand wußte indessen, wann und wie dieser durch die Tür gekommen war.

«Schämt ihr euch nicht, meine Kinder», sagte er mit seiner alten, vorwurfsvollen und leicht süßlichen Stimme, nachdem er abgewartet hatte, bis alle seine Gegenwart bemerkt hatten, und er wandte sich nicht an einen bestimmten, sondern an alle. «Denkt daran», fuhr er fort, «in einigen

Jahren werdet ihr als voll verantwortliche Bürger in das öffentliche Leben unseres großen Rußland eintreten. Berücksichtigt, daß diese erniedrigenden Worte, die hier zu hören ich das Unglück hatte, eine entsetzliche Bedeutung haben. Überlegt, wenn der Sinn eines solchen Fluches nicht einmal mehr euer Gewissen erreicht, so entschuldigt euch das nicht, es belastet euch nur noch mehr, weil es beweist, daß diese fürchterlichen Worte ständig benutzt werden, daß sie aufgehört haben, Flüche zu sein und statt dessen in eurer Vorstellung Stützen eurer Sprache geworden sind. Bedenkt, daß ihr das Glück habt, die Musik Puschkins und Lermontows zu studieren, und daß unser unglückliches Rußland genau diese Musik von euch erwartet – diese und keine andere.»

In dem Maß, wie er weiterredete, wurden die Augen der Schüler, die vor ihm standen, irgendwie stumpf und undurchdringlich; man hätte glauben können, daß jeglicher Ausdruck aus diesen Augen gewichen sei, hätte man nicht gewußt, daß diese Abwesenheit von Ausdruck eben gerade bedeuten sollte, daß sie gar nicht geflucht hatten und daß all diese Vorwürfe sie nichts angingen. Aber während die Augen und die Gesichter dieser Gruppe immer gleichgültiger und gelangweilter wurden – wurden die kleinen Augen von Burkewitz, der erst in diesem Augenblick leise herangetreten war, immer lebhafter und mutwilliger, seine Lippen verdünnten sich zu einem boshaften Lächeln, und die wie Nadeln in den Halbkreis dieser steinernen Augen und Gesichter geworfenen Worte des Priesters verfingen sich, unabhängig vom Willen dessen, der warf, am magnetischen Lächeln von Burkewitz. Man hätte meinen können, Burkewitz sei es, der geflucht hatte, und die letzten Worte über Puschkin und Lermontow gingen nur noch ihn an.

«Sie, mein Vater», wandte Burkewitz mit tiefer, fürchterlicher Stimme ein, «scheinen die Herren Puschkin und

Lermontow nur nach offiziell ausgewählten Stücken zu kennen, und Sie scheinen es nicht für nützlich zu halten, eine tiefere Kenntnis von ihnen zu gewinnen, die Euren Ansichten widersprechen könnte.»

«Ja», antwortete der Priester mit fester Stimme, «für euch finde ich eine vertiefte Kenntnis dieser Schriftsteller nutzlos, ebenso wie ich einer Rose ihre Stacheln nehme, bevor ich sie einem Kind schenke. Und jetzt erlauben Sie mir noch einmal, Sie alle daran zu erinnern, daß die beleidigenden Worte, die ich hier gehört habe, unzulässig und eines Christen unwürdig sind.»

Er hatte die letzten Worte schroff ausgesprochen und dabei mit seiner alten, leicht zitternden Hand das Kreuz auf seiner violetten Soutane zurechtgerückt.

Warum bleibt er nur, warum geht er nicht weg, dachte ich, dann sah ich Burkewitz an und begriff. Sein Gesicht schien plötzlich abgemagert, er war grau geworden, seine Glieder zuckten, und seine Augen zielten mit durchdringendem Haß dem Priester direkt ins Gesicht. Er wird ihn schlagen, dachte ich. Burkewitz warf krampfhaft die Arme nach hinten, als finge er jemand hinter seinem Rücken, machte einen Schritt nach vorn und sprach mit einer unerwartet entschlossenen, volltönenden Stimme.

«Beleidigende Worte sind, wie Sie es ganz richtig bemerkt haben, eines Christen nicht würdig. Ja und? Niemand bestreitet das. Aber da Sie als Diener Gottes es unternommen haben, uns auf den Weg der Wahrheit zu führen, entschuldigen Sie bitte, wenn ich Ihnen eine Frage stelle: Wo, wann, worin und wie haben Sie, Sie selbst, diese christlichen Würden unter Beweis gestellt, die uns bekannt sind und die uns einzuschärfen Sie entschlossen sind? Wo waren Sie und Ihre christlichen Würdenträger, als vor zehn Monaten blutgierige Massen mit ihren bunten Fahnen durch die Straßen Moskaus tobten, Massen sogenannter menschlicher Wesen, die in ihrer Dummheit und Grausamkeit nicht einmal des Vergleichs mit einer Herde wilder Tiere würdig sind – wo waren Sie, Diener Gottes, an diesem für uns schrecklichen Tag? Warum, Kämpfer des Christentums, warum habt Ihr uns nicht zusammengerufen, uns, Kinder, wie Ihr uns nennt, hier, zwischen diesen Mauern, in diesem Haus, wo Ihr euch die Kühnheit genommen habt, uns die Gebote Christi zu lehren – wo wart Ihr, frage ich euch, und warum habt Ihr Schweigen bewahrt im Augenblick der Kriegserklärung, an dem Tag, als das Gesetz, das zum Brudermord ermuntert, öffentlich bekanntgegeben wurde, und warum ergreift Ihr plötzlich das Wort, wenn hier ein Schimpfwort gebraucht wird? Steht der Brudermord Eurer Auffassung der christlichen Würde weniger entgegen als ein Fluch? Ich anerkenne: zu fluchen, wie man hier flucht, ist für einen Christen unstatthaft, und Ihr habt recht zu protestieren. Aber wo wart Ihr, Diener Christi, wo wart Ihr während dieser zehn Monate, als man jeden Tag und jeden Augenblick unter Anwendung von Gewalt Väter ihren Kindern, Söhne ihren Müttern entrissen hat – um sie unter Anwendung von Gewalt ins Feuer, zum Mord, in den Tod zu schicken – wo wart Ihr während dieser ganzen Zeit, und warum habt Ihr in Euren Predigten nicht gegen all diese Verbrechen protestiert, und sei es nur auf die Weise gewesen, wie Ihr es tatet, als Ihr einen Fluch hörtet? Warum? Warum?

Vielleicht deswegen, weil all jene Abscheulichkeiten der christlichen Würde gar nicht widersprechen? Warum habt Ihr, würdiger Wächter des Christentums, in Euch genügend Unverschämtheit gefunden, zu lächeln und billigend mit dem Kopf zu nicken, als Ihr eines Tages in den Schulhof kamt und gesehen habt, wie man uns, Eure Kinder, täglich in der Bedienung von Waffen unterrichtete und uns die Kunst zu töten lehrte? Wozu habt Ihr beifällig gelächelt, und warum habt Ihr geschwiegen? Ist es, weil es Eurer christlichen Würde auch nicht widerstrebt, Kinder die Bedienung von Waffen zu lehren? Und wie habt Ihr es gewagt, unter dem Deckmantel des Namens Christi wissentlich die Gebote desjenigen zu mißachten, dessen leuchtender Name Eure jämmerliche Existenz rechtfertigen soll, wie habt Ihr zu beten gewagt, hört Ihr, zu beten, daß ein Bruder von seinem Bruder besiegt werde, ein Bruder von seinem Bruder unterdrückt, daß ein Bruder einen Feind töte? Von welchem Feind sprecht ihr jetzt? Wäre es nicht vielleicht der, von dem Ihr vor einem Jahr mit kleiner, salbungsvoller Stimme verkündigt habt, daß man ihn lieben und ihm verzeihen müsse? Oder widerspricht vielleicht dieses Gebet für die Eroberung, die Gewalt, für den Mord und die Zerstörung eines Menschen durch einen anderen Menschen, Eurer Auffassung von Christentum ebenfalls nicht? Nehmt Euch also zurück, erbarmungswürdiger Beamter der Kirche, gemästet und abgestumpft von der Nahrung des Volkes, nehmt Euch zurück, und seht keine Entschuldigung in der Tatsache, daß Eure Mitbrüder gleicher Religion dort unten, auf dem Felde des Schreckens, ihr Leben aufs Spiel setzen, um Sterbenden die Kommunion zu erteilen und jene zu beruhigen, die ihr Blut verlieren. Rechtfertigt Euch nicht auf diese Weise, denn genau wie Ihr wissen auch jene nur allzu gut, daß es Eure Mission, Eure Pflicht als Christ ist, nicht Kranke zu besänftigen, die schon ihr Blut verlieren, sondern diejenigen, die bei guter Gesundheit sind und losgehen, nur um zu töten. Gleichen Sie nicht dem Arzt, der syphilitische Geschwüre mit einer Schonheitscreme behandelt, suchen Sie nicht, sich zu rechtfertigen, indem Sie so tun, als würden Sie diese fürchterliche Sache aus Ergebenheit dem Monarchen oder der Regierung gegenüber begünstigen oder aus Liebe zur Heimat und zur sogenannten russischen Armee. Versuchen Sie nicht, sich zu rechtfertigen, denn Sie wissen, Ihr Monarch ist Christus, Ihre Heimat das Gewissen, Ihre Regierung das Evangelium und ihre Armee die Liebe. Nehmen Sie sich also zusammen und handeln Sie. Handeln Sie, denn jeder Augenblick zählt, denn in jeder Minute schießen, töten und fallen Menschen. Besinnen Sie sich und handeln Sie, denn diese Menschen, Mütter und Väter, Kinder und Brüder, alle, alle erwarten von euch, gerade von euch, daß ihr – als Diener Christi – kühn euer Leben opfert und eingreift inmitten dieser Schande, euch zwischen diese Verrückten stellt und ihnen laut zuruft – laut, denn Ihr seid viele, Ihr seid so viele, daß Ihr in der ganzen Welt schreien könntet: ‹Menschen, haltet ein, Menschen, hört auf zu töten!› Das, das, das, genau das ist eure Pflicht!»

Als ich Burkewitz anschaute, der seltsam die Arme bewegte, mit nach hinten gelegtem Kopf schrecklich zitterte, taumelnd an uns vorbeilief und durch die Tür ins Treppenhaus verschwand, hatte ich nur einen Gedanken: «Du bist erledigt, olala, du bist wirklich fertig, armer Waska!»

Und erst einen Augenblick später, als ich mich in die entgegengesetzte Richtung drehte, sah ich die violette Soutane verschwinden und mit gewundener Eleganz den Türrahmen streifen. Im selben Augenblick, als gestikulierend und aufgeregt redend alle zusammenliefen, entstand irgendwo unten ein dumpfes Grollen, das – als bräche eine Masse von Meereswasser im Haus hervor – bedrohlich anschwoll, das lauter wurde, die Scheiben, die Mauern, die Decke zittern ließ, und auch auf unserem Flur drang dies Grollen endlich als betäubender Krach durch die weit geöffneten Türen der 6. und 7. Klasse. Die Stunde war beendet.

X

Um die Einzelheiten dieses ungewöhnlichen Vorfalls nicht den anderen Schülern mitzuteilen, die in diesem Moment die Flure füllten, kehrten wir alle in unseren Klassenraum zurück.

«Aber das ist ein Idiot, ein kompletter Idiot!» sagte Stein und legte seine Hand, die auf dem schwarzen Stoff wie ein Spritzer Crème fraîche wirkte, auf Jags Schulter.

«Nein, Stein, mein Kumpel, misch dich da nicht ein –» Jag nahm Abstand – «du bist Europäer, wie man sagt; dies aber, Freundchen, ist eine asiatische Angelegenheit. Begreif bitte: Es geht hier nicht um die Interpretation des Talmud, und deshalb steht es dir nicht zu, das Maul aufzureißen!» Er wartete ab, bis Stein sich beleidigt in seine Bank zurückgezogen hatte, und dann wandte sich Jag halblaut an die aufgeregte Gruppe, die sich am Fenster versammelt hatte. «Man muß sich wirklich wundern», sagte Jag, «wie sehr unsere kleinen Juden den Klerus bewundern. Bloß nicht den Popen anfassen, Gott behüte uns, alle kleinen Juden wären empört.»

«Eine sssolche Kauinzidanz.» Takadjew wackelte mit dem Kopf, aber keiner lachte. Die Gruppe tauschte hitzig Meinungen aus. Man ließ jedoch keinen ausreden, fiel einander hitzig ins Wort, stritt und widerlegte. Die einen sagten, Burkewitz habe recht, niemand brauche den Krieg, er sei verhängnisvoll und bringe Vorteile nur für die Generäle und Kriegsausrüster. Die anderen sagten, der Krieg sei eine ruhmreiche Sache, ohne Krieg hätte es Rußland nicht gegeben, Empfindsamkeiten seien unangebracht, und man müsse sich schlagen. Die dritten sagten, obgleich der Krieg eine grauenhafte Sache sei, sei man im gegenwärtigen Moment doch dazu gezwungen, und ein Chirurg, der sich im Laufe einer Operation von der Medizin enttäuscht fühle, habe nicht das Recht wegzugehen und den Kranken zu verlassen, ohne die Operation zu beenden. Die vierte Gruppe sagte, das Ganze sei eine komplette Verrücktheit, und es sei sehr wenig wahrscheinlich, daß die Geistlichkeit in einem Berliner Gymnasium Reden wie denen von Burkewitz zuhöre. Die fünfte sagte, daß, wenn uns der Krieg auch aufgezwungen sei und der Rang einer großen Nation es nicht erlaube, an Frieden zu denken, so sei die Idee Burkewitz' doch richtig, und der Klerus der ganzen Welt müsse, ausgehend von den universellen Prinzipien des Christentums, protestieren und gegen die Fortführung des Krieges kämpfen, ohne auf die Risiken und Sanktionen der Militärgesetze zu achten. Jag verwarf diese letzte Meinung.

«Äh, meine kleinen Jungs, von welchen christlichen Prinzipien sprecht ihr? Wenn Burkewitz derart an diesen christlichen Prinzipien hängt, warum hat er dann, erlaubt mir diese Frage zu stellen, drei Jahre lang nicht ein einziges Wort mit uns gewechselt? Drei Jahre, überlegt euch das? Was haben wir ihm denn Böses getan, als wir gelacht haben? Beim Anblick eines derartigen Rotzes hätten selbst Pferde sich amüsiert. Verzeih mir Gott, aber einen solchen Rotz habe ich meinen Lebtag noch nicht gesehen. Warum also sieht uns dieser große Christ – den seine Mutter ... seit drei Jahren wie ein Wolf an, der drauf und dran ist zu beißen? Nein-nein, meine Lieben, das ist eine andere Geschichte. Er braucht den Krieg wie Sauerstoff, so kann man es sagen. Er braucht nicht das Christentum, sondern dessen Entweihung – denn die Schweinerei, die er vorhat, das ist die Rebellion. Das ist es nämlich.»

Ich hielt mich abseits und überlegte ganz allein: Wie konnte es dazu kommen, daß Burkewitz, der beste Schüler, der Stolz der Schule, sicherer Titelträger der goldenen Medaille – wie konnte es kommen, daß dieser Burkewitz verloren war? Denn daß er verloren war, war offensichtlich, unten nämlich würde man noch heute, und vielleicht schon in diesem Moment, den Pädagogischen Rat einberufen, der ihn selbstverständlich hinauswerfen würde mit einem «Wolfs-Paß». Dann also – adieu, Universität! Und wie verletzend muß es für ihn sein, besonders weil alles zehn Tage vor den Abschlußexamina passierte (ich habe immer festgestellt, daß der Mensch seine Verzweiflung um so schärfer spürt, je näher das ihm aus den Händen gleitende Ziel ist, während ich gleichzeitig völlig einsah, daß die Nähe des Ziels keineswegs bedeutet, daß es sicherer erreicht werden könnte, als von einem anderen, viel weiter entfernten Punkt aus. An dieser Stelle fing in mir das Gefühl an, sich von der Vernunft zu trennen, die Erfahrung von der Theorie, an dieser Stelle existierte das erste gleichberechtigt neben dem zweiten, und beide – Vernunft und Gefühl – waren unfähig, Frieden zu schließen und miteinander zu verschmelzen, noch konnte eines das andere im Kampf besiegen).

Aber wie konnte Burkewitz so etwas passieren? Und was war es: wohlüberlegtes Kalkül oder Moment des Wahnsinns? Ich erinnerte mich an das provozierende Lächeln von Burkewitz, das die Worte des Vaters auf sich zog, und folgerte daraus: wohlüberlegtes Kalkül. Ich erinnerte Burkewitz' zitternden Kopf und sein trunkenes Vorgehen und schloß daraus eher: Moment des Wahnsinns.

Ich war sehr versucht, zu ihm hinzugehen, und diese Anziehung war aus drei Gefühlen fein gewebt: zunächst die grausame Lust, einen Blick auf denjenigen zu werfen, dem ein großes Unglück zugestoßen war; dann auch Übermut wegen des isolierten Charakters meiner Tat, denn keiner in der Klasse dachte auch nur im Traum daran, zu demjenigen zu gehen, der schon wie ein Pestkranker angesehen wurde; schließlich ein noch stärkeres Gefühl: die Sicherheit, daß es keinerlei Ärger von seiten der Schulleitung nach sich ziehen konnte, auf Burkewitz zuzugehen und sogar mit ihm zu sprechen. Nach der Uhrzeit blieben zwei Minuten bis zum Pausenende. Ich verließ die Klasse, bahnte mir einen Weg durch den Korridor voller gestaltloser Geräusche von Füßen, Stimmengewirr und Geschrei und ging auf den Treppenabsatz hinaus. Nachdem ich die Tür hinter mir geschlossen hatte, was unter Überlistung des Ohres bewirkte, daß die Schreie und das Trampeln leiser wurden und erst einen Augenblick später in Form eines dichten, dumpfen Getöses wiederkamen, sah ich mich um.

Eine Etage weiter unten, in der Nähe der Tür des Karzers, der seit gut zehn Jahren nicht mehr benutzt wurde und vor dem eine braune, verrostete Kette hing, saß Burkewitz. Er saß auf den Stufen, mir den Rücken zugewandt. Er saß völlig schief da, die Ellbogen auf den Knien und den Kopf in den Händen. Sehr vorsichtig, auf den Zehenspitzen, und sehr langsam, immer seinen Rücken betrachtend, stieg ich die Stufen hinab in seine Richtung. Auf seinem völlig buckligen Rücken zeichneten sich die Schulterblätter in zwei Spitzen unter dem stark gespannten Stoff ab, und dieser gekrümmte Rücken und die hervorspringenden Schulterblätter schrien Ohnmacht, Resignation und Verzweiflung. Ich ging ganz leise von hinten auf ihn zu, immer noch, damit er mich nicht sah, und legte die Hand auf seine Schulter. Er erschrak nicht und entblößte sein Gesicht nicht. Nur sein Rücken krümmte sich noch mehr. Ich sah weiter auf seinen Rücken, nahm vorsichtig meine Hand von seiner Schulter und legte sie auf seine Haare. Aber kaum hatte ich seine hautwarmen Haare leicht gestreift, als ich in mir etwas sich regen fühlte, das mich mit Scham erfüllt hätte, wenn jemand es gesehen hätte. Ich sah mich um auf eine Weise, die nicht einmal einem Blick ähnelte, und als ich mich überzeugt hatte, daß die Treppe leer war, ließ ich meine Hand über seine kakaofarbenen Locken gleiten. Das war angenehm. Ich spürte sofort etwas so Leichtes und Zartes, daß ich meine Hand noch einmal zärtlich über seine Haare gleiten ließ. Ohne sein Gesicht zu entblößen und also zu sehen, wer nahe bei ihm stand und ihm die Haare streichelte, sagte Burkewitz plötzlich mit tonloser Stimme durch die Hände: «Wadim?» Mit einem kristallinen Gefühl in der Brust stieg ich sofort weiter hinab und setzte mich neben ihn. Burkewitz hatte «Wadim» gesagt, er hatte mich bei meinem Vornamen genannt, und daß er es getan hatte, ohne zu sehen, wer zu ihm kam, bedeutete für mich, daß ich zum erstenmal nicht wegen meiner Angeberei und meiner Härte, sondern wegen des Mitleids und der Güte meines Herzens bemerkt worden war. Meine Finger spannten sich, packten seine harten Locken, die an ihren Wurzeln warm waren, und ich zog kräftig an ihnen, entriß Burkewitz' Gesicht der Muschel seiner Hände und drehte es zu mir, Auge in Auge. Ich sah diese kleinen grauen Augen jetzt ganz nah vor mir – seltsam verändert durch die in den Nacken gezogene Haut, wo meine Hand die Haare hielt. Fast eine Sekunde lang starrten mich diese Augen mit ihrem übellaunigen Leidensausdruck an, und als sie endlich die harten Männertränen sichtlich nicht mehr meistern konnten, verschwanden sie hinter den Lidern und gruben eine wütende Falte zwischen die Brauen. Und kaum daß sich diese Augen schlossen, hörte ich eine unbekannte Stimme bellen: «Wadim. – Du. – Lieber. – Der einzige. – Du glaubst mir. – So hart. – Mir. – Von allen. – Meine Seele. Du glaubst mir.»

Zum erstenmal fühlte ich, wie kräftige Männerarme mich umfaßten und meinen Rücken preßten, zum erstenmal drückte ich meine Wange auf die Wange eines Mannes, und ich sagte mit rauher Stimme: «Wassia ... ich bin ...

dein ...» Ich wollte hinzufügen «Freund», aber ich war nicht fähig, das Wort auszusprechen, so sehr fürchtete ich, dabei in Tränen auszubrechen.

Dann stieß ich Burkewitz brutal von mir, ließ sein Gesicht schwanken, das mit seinen geschlossenen Augen, seiner Blässe und seiner kurzen Nase der Gipsmaske Beethovens ähnelte, und ich erkannte mit gleichgültigem Schrecken die furchtbare Sache, die ich sogleich tun würde und stürzte zur Treppe. Ich warf mich die Treppe hinab, wie man losstürzt, um einen Arzt für einen sterbenden Freund zu holen, nicht weil der Arzt ihn retten kann, sondern weil diese Bewegung, dieses Losstürzen, den Durst, selber die Leiden zu empfinden, deren Anblick ein vollkommen unerträgliches Gefühl von Mitleid hervorrief, abmildern mußte.

Die Treppe ist überwunden. Im Eßsaal des Untergeschosses paßt sich der Fuß dem Gleiten über die bläulichweißen Kacheln an. Die Augen streifen das letzte Fenster mit seinem Stück Sonne, und danach kommt sogleich die finstere Feuchtigkeit der Kleiderablage – auf ihrem Asphaltboden haften die Sohlen wie festgeschraubt. Und wieder eine Treppe, nach oben. Den Anfang weiß ich schon: «In meiner Eigenschaft als wahrer Christ, trage ich Ihnen zu Ohren ...» Was danach kommt ist unwichtig, es wird gehen wie auf Rädern, auf Rädern, auf Rädern, ich nahm drei Stufen auf einmal, und während ich den Fuß aufsetzte, keuchte ich – auf Rädern.

Drei Stufen auf einmal zu nehmen, besonders bei so hohen Stufen wie in unserer Schule, zwang einen dazu, sich fast auf die Treppe zu legen, den Kopf weit nach vorn gebeugt. Deshalb hatte ich nicht bemerkt, daß der Rektor unserer Schule, Richard Sebastianowitsch Keiman, mit seinen Schlangenaugen und seinem Trauerrock, schon lange auf dem obersten Treppenabsatz wartete und mir entgegensah.

Erst wenige Stufen vor ihm sah ich direkt vor meinen Augen die anwachsenden Pfeiler seiner Beine, die mich zurückwarfen, als hätte man mit dem Maschinengewehr auf mich geschossen, ohne zu treffen.

Er starrte mich einige Zeit an, mit seinem erdbeerfarbenen Gesicht und der schwarzen Spitze seines Bartes, ohne zu sprechen. «Wa-as haben Sie?» fragte er schließlich. Sein Ton war verächtlich und haßerfüllt, seine Lippen spitzten sich dabei unter dem Schnurrbart zu einem Kuß – und dieser Ton war der Druckknopf, mit dem er seit acht Jahren unsere Herzschläge zum Erstarren brachte.

Ich schwieg jämmerlich.

«Wa-as gibt es?» wiederholte Keiman, und sein verächtlicher Bariton verwandelte sich in einen unruhigen, trüben Tenor.

Meine Arme und meine Beine zitterten. In meinem Magen fühlte ich das wohlbekannte Stück Eis. Ich schwieg.

«Äch wäll wässen, was Sä haben», schrie Keiman mit einer Fistelstimme, die, um den Ton zu halten, alle Vokale in ein «ä» verwandelte. Sein kläffendes Gebrüll hallte von den steinernen Decken wider und lief im Zickzack zur Höhe der Marmortreppe hinauf.

Aber während ich mich in den Pausen des rektorlichen Geschreis erfolglos bemühte, in mir das Gefühl des Mitleids mit Burkewitz wiederzubeleben, das mich hergeführt hatte – ein gegenwärtig unbegreifliches und völlig totes Gefühl –, fühlte ich gleichzeitig eine wilde Wut gegen diesen purpurroten Keiman in mir wachsen, der mich anbrüllte. Und als ich freudig bemerkte, daß diese Wut mir die nötige Trunkenheit gab, um mich nicht mit Schande zu bedecken und das auszudrücken, was zu sagen ich gekommen war – begriff ich dennoch vage, daß unter dem Einfluß der Wandlung meiner Gefühle, die Ursache, aus der heraus ich diese selben Worte sagen würde, sich verändert hatte: vorher wollte ich mir selbst weh tun, jetzt ging es einzig darum, Keiman zu beleidigen und ihm weh zu tun. Und, indem ich durch meinen Gesichtsausdruck und den Ton meiner Stimme jedem Wort den Sinn eines wütenden Peitschenschlags in die rote Schnauze des Rektors gab, sagte ich: «Als wahrer Christ, und in dem Maße, als ...» – in diesem Moment aber, während ich schon vor Bissigkeit erstickte, wurde ich vom Gewicht und von der Hitze einer Hand unterbrochen, die sich auf meinen Nacken legte. Ich wandte meinen Blick und sah eine violette Brust, auf der sich der Hammer des Kreuzes hob und sich dann sehr stark wieder senkte.

«Entschuldigen Sie meine Einmischung, Richard Sebastianowitsch», sagte der Pater, dessen altes, plattnasiges Gesicht sich verdoppelte und verschwamm, weil ich schielend zu ihm aufsah. «Ich bin es, mit dem er sprechen will.»

Als er dies gesagt hatte, legte er mir den Arm um die Schultern, senkte seinen Blick auf mich, und dann richtete er seine Augen auf den Rektor und blinzelte bedeutungsvoll. «Wir haben da eine kleine Sache, die keineswegs in den schulischen Bereich fällt. Er wollte mich sehen.» Keiman, der Rektor, verwandelte sich plötzlich in einen Genießer. «Aber ich bitte Sie, mein Vater, das wußte ich ja gar nicht. Entschuldigen Sie, ich bitte Sie.» Und nachdem er mir eine großzügige Geste der Gastfreundschaft gemacht hatte, wie ein Gastgeber, der auf der Bühne dazu einlädt, sich an eine Tafel voller Speisen zu setzen, wandte Keiman mir den Rücken zu, knöpfte sich den Gehrock auf, wiegte sich, die Hände in den Taschen, als gehe er auf eine Dame zu, mit der er Walzer tanzen wollte, und schritt zur Marmortreppe, die er, sich mühsam nach vorn beugend, hinaufzusteigen begann.

Der Pater indessen wandte sich mir zu, legte mir seine beiden Hände auf die Schultern und band mich mit dieser Bewegung an sich wie mit zwei parallelen Stangen, von denen die weiten Ärmel seiner Soutane wie zusammengerollte

Fahnentücher herabhingen. Jetzt kehrte ich Keiman, der hinaufstieg, den Rücken zu, aber ich beobachtete die zur Treppe gerichteten Augen des Paters, und ich sah deutlich, daß er wartete, bis Keiman oben angekommen und um die Treppenbiegung verschwunden war.

«Sagt mir –» der Pater wandte sich an mich und brachte endlich seinen Blick von der Treppe zu meinen Augen zurück – «sagt mir jetzt, mein Junge, warum wolltet Ihr das tun?» Und beim Wort «das» drückten seine Hände leicht meine Schultern. Aber ich schwieg, denn ich war schon beruhigt und infolgedessen ratlos.

«Ihr schweigt, mein Junge. Gut, erlaubt mir also, an Eurer Stelle zu antworten und Euch zu sagen, daß Ihr es nicht habt hinnehmen können, selbst heil und unversehrt zu bleiben, während Euer Freund, wie Ihr glaubt, sich für die Wahrheit Christi opfert, denn die Wahrheit ist Euch mehr wert als die Bequemlichkeit Eurer Existenz. Das ist es, nicht wahr?»

Obgleich ich im selben Moment dachte, daß es das keineswegs sei und daß diese Annahme mir ein schlechtes Gewissen verursachte, veranlaßte eine komplizierte Mischung aus Höflichkeit und Respekt vor diesem Greis mich doch, mit einem Kopfnicken seine Worte zu bestätigen.

«Aber da Ihr Euch zu diesem Vorgehen entschlossen habt», fuhr er fort, «zweifeltet Ihr sicher nicht daran, daß ich mich zuallererst beklagen und alles hinterbringen würde, was dort oben passiert ist. Ist es nicht so, mein Junge?»

Obschon diese Annahme weit mehr der Wahrheit entsprach als die vorhergehende, hielt mich aber doch dieselbe Mischung aus Höflichkeit und Respekt zurück, das zu tun, was die erste Frage nach sich gezogen hatte. Und sah ihm erwartungsvoll in die Augen, ohne die Richtigkeit seiner Annahme mit einem Gesichtsausdruck oder einem Kopfnicken zu bestätigen.

«In diesem Fall», sagte der Pater, und sah mich aus seinen geweiteten Augen eigentümlich an, «in diesem Fall irrt Ihr Euch, mein Junge. Deshalb geht zu Eurem Freund und sagt ihm, daß ich hier Priester bin –» er preßte meine Schulter – «aber Denunziant bin ich nicht, nein.» Und als wäre er plötzlich gealtert und altersschwach geworden und hätte alle Festigkeit verloren, fügte der Pater mit immer leiserer Stimme hinzu: «Und er ... Daß Gott ihn richte, weil er einen alten Mann beleidigt hat: denn ich habe einen Sohn, der –» ganz leise, wie man ein Geheimnis sagt – «in diesem Krieg –» und schon ohne Stimme mit flüsternden Lippen – «getötet worden ist.»

Ganz zu Beginn, als der Pater angefangen hatte, zu mir zu sprechen, war mir die Nähe dieses bärtigen Gesichts, zu der mich die auf meinen Schultern ruhenden Hände zwangen, unangenehm gewesen, ich hatte die ganze Zeit den Eindruck, daß diese Hände mich anzogen. Jetzt aber schienen diese Hände mich zurückzustoßen, während ich mich ihm so gern genähert hätte. Der Pater aber gab meine Schultern plötzlich frei, wandte seine Augen voller Tränen wütend ab und ging an der Treppe vorbei schnell über den Flur.

Zwei Gefühle, zwei Gelüste waren jetzt in mir: das erste, mich an das Gesicht des Paters zu pressen, ihn zu küssen und aus Mitleid zu weinen; das zweite, zu Burkewitz zu laufen, ihm alles zu erzählen und grausam darüber zu lachen. Diese beiden Gefühle waren wie Parfum und Gestank: sie zerstörten sich nicht gegenseitig, sondern unterstrichen einander. Sie unterschieden sich nur darin, daß die Lust, mich an das Gesicht des Paters zu drücken, in dem Maße schwächer wurde, wie er sich im Flur immer weiter von mir entfernte – während der Wunsch, der mich kitzelte, die freudige Nachricht zu erzählen und den Helden zu spielen, immer stärker wurde, als ich die Treppe zu dem Ort hinauflief, wo ich Burkewitz verlassen hatte. Und obgleich ich genau wußte, daß diese übersteigerte Hast überflüssig war und meiner Heldenwürde sehr schadete – konnte ich mich nicht beherrschen und ließ, kaum daß ich Burkewitz erreicht hatte, alles mit gedrängten Worten los. Burkewitz aber, das war deutlich, begriff nichts, er schickte einen erschöpften Leidensblick durch mich hindurch ins Weite und bat mich, wie aus Höflichkeit, es doch zu wiederholen. Da erzählte ich ihm auf ruhige und sehr ausführliche Weise, was vorgefallen war. Und während ich erzählte, passierte mit Burkewitz genau das, was ich einmal bemerkt hatte, als ich zwei Spielern bei einer Schachpartie zugeschaut hatte. Während der eine über das Brett gebeugt in seinem Kopf etwas anzettelte, sprach der andere, ohne das Brett zu beachten, gestikulierend und sichtlich erregt oder empört zu den um ihn sitzenden Leuten. Man unterbrach ihn und sagte, der Gegner habe gezogen, er schwieg und sah aufs Brett. Zunächst glitzerten noch die Überbleibsel der Ideen, die er nicht ausgeführt hatte, in seinen Augen. Aber je mehr er das Spiel ansah, um so angespannter wurde sein Blick, und die Aufmerksamkeit bestimmte, wie Wasser auf einem Löschblatt, immer mehr seine Gesichtszüge. Ohne das Brett aus den Augen zu lassen, runzelte er die Stirn, kratzte sich den Nakken, griff sich mal an die Nase, mal schob er das Kinn vor, hob erstaunt die Augenbrauen, biß sich dabei auf die Lippen und schaute verdrießlich. Sein Gesicht veränderte sich, veränderte sich, schwamm, schwamm irgendwohin; endlich beruhigte er sich, setzte einen Schlußpunkt unter seine Bemühungen und lächelte ein maliziös beifälliges Lächeln. Und obgleich ich nichts vom Schach verstand, so wußte ich aus der Beobachtung dieses Mannes doch, daß er mit seinem Lächeln dem Gegner huldigte und daß sich etwas Unerwartetes im Spiel ereignet hatte, etwas, das ein tatsächlich unüberwindbares Hindernis war und ihn daran hinderte zu gewinnen.

SONJA

I

Die Straßen waren wie die Menschen: in ihrer Jugend zweifellos einander ähnlich, veränderten sie sich zunehmend, abhängig davon, was in ihnen zum Ausdruck drängte.

Es gab Straßen, wo Netze langer, gekreuzter roter Stäbe einen von so fettigen Flecken begrenzten Teich umgaben, daß man an in einen öligen Topf gegossenes Wasser denken mußte, auf dessen grüner Oberfläche, die sich kräuselte, wenn jemand im Boot vorbeifuhr, wie Lokomotivrauch Wolken schwammen; wo, ganz in der Nähe, in einer großen Kiste ohne Boden und Deckel, Kinder wühlten, während auf den Bänken die Ammen Strümpfe strickten, die Gouvernanten und die Mütter Bücher lasen und eine leichte Brise auf ihren Gesichtern, ihren Knien und im Sand die schattigen Arabesken des Laubwerks bewegte, flimmernd wie bemalte Streifen Papiers.

Es gab lärmende Boulevards, wo Militärmusik spielte und wo eine vorbeifahrende Straßenbahn in geputztem Kupfer als rote Eidechse zum Himmel flatterte; wo man sich ein bißchen schämte, wenn man bei den Klängen von Militärmärschen spazierenging und die Füße unabsichtlich in den Rhythmus einfielen wie in ein schändliches Loch; wo es nicht genug Bänke gab, und wo man in der Nähe des Musikpavillons Klappstühle mit grünen Metallfüßen und Sitzflächen aus lebhaft gelben Brettern aufstellte, deren Zwischenräume auf den Mänteln stufige Falten hinterließen und wo gegen Abend anläßlich der *Faust*-Aufführung die Trompeten erklangen und die Glocken der nahen Kirche sich daranmachten, ein scharfes, knappes Dingdong von sich zu geben, wie um davor zu warnen, daß ein kupferner

Schlag zu einem samtenen Donner anschwellen würde, der den Walzer der Trompetenspieler unerträglich falsch klingen ließe.

Und es gab Straßen, auf den ersten Blick langweilige, die es aber nicht waren. Dort war der staubgraue Sand so sehr mit Schalen von Sonnenblumenkernen vermischt, daß man diese nicht mehr wegfegen konnte – dort verströmte ein Pissoir in Form einer hochgestellten und unvollständig geöffneten Rolle einen schon von weitem spürbaren Geruch, der in die Augen stach; dort kamen abends alte Frauen hervor, buntbemalt und in Lumpen, und mit ihren Stimmen, abgenutzt wie alte Grammophone, verramschten sie für zwanzig Kopeken Liebe; dort hasteten tagsüber die Leute vorbei, ohne das Zirkusplakat zu beachten, auf dem ein schönes junges Mädchen im Trikot durch einen Reifen sprang; die Menschen eilten, gingen nicht spazieren, sie liefen schnell wie in einer Gasse – und wenn sich jemand auf eine leere, staubige Bank setzte, so nur, um sich von seiner schweren Bürde auszuruhen, oder, nach dem Schluck Säure aus einer pharmazeutischen Phiole, das Leben mit dem aufkommenden Schmerz zu stoppen, sogleich umzufallen und, sich auf dem Rücken windend, niedergestürzt, noch einmal, ein letztes Mal, den klaren Himmel Moskaus über sich zu sehen.

Es war schon Sommer, die Abschlußexamina lagen weit zurück, aber es wurde immer schwieriger, jenes Hochgefühl in sich zum Sieden zu bringen, das allein dank der Tatsache aufkam, endlich ein Student zu sein, und die Untätigkeit wog offensichtlich mehr als die Gefühle, für die sie der Lohn war. Ich ging nur ein- oder zweimal die Woche aus, wenn ich zufällig ein paar Rubel hatte – gerade genug Geld, um einen Fiaker und ein Hotelzimmer zu bezahlen.

Diese wenigen Rubel, die im Laufe eines Monats sich

bis auf vierzig belaufen konnten, lasteten schwer auf der Existenz meiner Mutter. Seit unzähligen Jahren trug sie immer dasselbe zerschlissene Kleid, ständig ausgebessert, übel riechend, ausgetretene Schuhe mit völlig schiefen Absätzen, die ihren geschwollenen Füßen wahrscheinlich noch mehr weh tun mußten – aber Geld, wenn sie Geld hatte, so gab sie es mir freudig. Was mich betraf: ich nahm das Geld in der Manier eines Mannes, der auf der Bank irgendeine unbeträchtliche Summe abhebt und dessen hochnäsige Lässigkeit die Bedeutung seines Kontostandes bezeugt. Nie gingen wir zusammen auf die Straße. Ich verbarg nicht mal, daß ich mich ihrer zerrissenen Kleidung schämte – obgleich ich meine Scham vor ihrer Altershäßlichkeit versteckte –, sie wußte davon, und als sie mich ein- oder zweimal auf der Straße traf, lächelte sie ihr gutmütiges Lächeln, das mich zu entschuldigen schien, und sah zur Seite oder über mich hinweg, um mich nicht zu zwingen, sie zu grüßen oder anzusprechen.

Wenn ich das Glück hatte, Geld zu haben, ging ich aus – aber immer abends, sobald hier und da die Gaslaternen sich entzündeten, eine von zweien, die Läden geschlossen und die Straßenbahnen leer waren. In einer engen Gamaschenhose, wie man sie seit langem nicht mehr trug, die aber das Bein zu gut modellierte, als daß ich auf sie verzichten konnte, eine Mütze mit weichen Rändern, groß wie ein Damenhut, auf dem Kopf, in einer Stoffuniform mit hohem Kragen, der mir eine Art Doppelkinn gab, gepudert wie ein Clown und die Augen mit Vaseline bestrichen – so ging ich den Boulevard entlang und fing mit meinem Blick, wie mit einem Zweig, die Augen aller Frauen, die mir entgegenkamen. Nie habe ich eine von ihnen, wie man sagt, mit den Augen ausgezogen, wie ich auch niemals ein fleischliches Begehren empfunden habe. In diesem fieberhaften Zustand, in dem ein anderer als ich vielleicht Gedichte geschrieben hätte, erwartete ich, wenn ich angespannt in die Augen der Frauen sah, die ich traf, immer als Antwort denselben erschreckten, aufgerissenen Blick. Ich sprach nie Frauen an, die mit einem Lächeln antworteten, denn ich wußte, daß nur eine Prostituierte oder eine Jungfrau auf einen Blick wie den meinen mit einem Lächeln antworten konnte. In diesen abendlichen Stunden hätte keine phantasierte Nacktheit meine Kehle so sehr austrocknen und mir plötzlich die Brust erbeben lassen können wie dieser fürchterliche und bösartige weibliche Blick, der bis ins Mark drang, der schneidende Blick eines Henkers – ein Blick wie der Kontakt vor Geschlechtsorganen. Und wenn sich dieser Blick zeigte – und er zeigte sich notwendigerweise früher oder später –, machte ich augenblicklich kehrt, lief der Frau nach, die mich angesehen hatte, und führte, indem ich sie ansprach, eine weiß behandschuhte Hand an meinen schwarzen Mützenschirm.

Es schien, als sei durch den Blick, den diese Frau und ich ausgetauscht hatten, so als hätten wir eine Stunde vorher gemeinsam ein Kind getötet – es schien, als sei durch diesen Blick alles gesagt, alles begriffen, und als gäbe es absolut nichts mehr hinzuzufügen. Aber in Wirklichkeit war alles viel komplizierter, denn nachdem ich mich der Frau genähert und einen Satz gesagt hatte, dessen Sinn immer in der Fortführung eines kaum unterbrochenen Gesprächs zu liegen schien, war ich gezwungen, zu reden und zu reden, damit die Worte die Herzlichkeit unserer Beziehungen erweiterten und sie bis zur Vereinigung mit der Sinnlichkeit unseres ersten andeutungsvollen Blickes führten. Und so liefen wir in der Dunkelheit des Boulevards Seite an Seite, feindlich und auf der Hut, aber dennoch brauchten wir einander auf gewisse Weise, und ich sagte Worte, deren amouröse Bedeutung um so wahrscheinlicher schien, je falscher sie war. Und wenn ich endlich, von der seltsamen Überzeugung bewegt, daß die Vorsichtigkeit, mit der man den Abzugshebel drückt, den Schuß weniger betäubend klingen läßt, wie zufällig und beiläufig vorschlug, ins Hotel zu gehen und ein Stündchen dort zu verbringen, natürlich nur, um zu reden, und auch nur aus dem einfachen Grund, weil das Wetter heute (je nach den Umständen) zu kalt oder zu drückend war, so wußte ich allein schon auf Grund der Weigerung (die Weigerung folgte fast immer) oder vielmehr durch den Ton dieser Weigerung – erregt, empört, ruhig, verächtlich, ängstlich oder unsicher –, ob es der Mühe wert war, sie am Arm zu nehmen und weiterhin anzuflehen, oder ob ich mich umdrehen und gehen mußte, ohne mich zu verabschieden.

Es kam manchmal auch vor, daß, während ich einer Frau nachlief, die mich mit ihrem schrecklichen Blick gefangen und gerufen hatte, eine zweite, die mir aus der Menge entgegenkam, mir ebenfalls einen ebenso eindeutigen Blick zuwarf. Mit Unschlüssigkeit geschlagen und zu schneller Wahl gedrängt, blieb ich stehen, und weil ich sah, daß die zweite sich umgedreht hatte, machte ich kehrt und folgte ihr, während ich mich gleichzeitig nach der ersten umdrehte, die sich in der entgegengesetzten Richtung immer weiter entfernte, und wenn ich plötzlich bemerkte, daß auch sie sich umdrehte, verglich ich beide, ohne daß ich die zweite eingeholt hätte, stürzte von neuem in die andere Richtung hinter der ersten her, und oft fand ich sie, die Zeit gehabt hatte, sich in der Menge zu entfernen, nicht wieder und rempelte Passanten an, die meine Suche aufhielten; und je mehr ich mich aufregte und wie toll aufführte und suchte, um so mehr war ich überzeugt, daß sie, genau sie, die mir ein Zeichen gemacht, sich umgedreht hatte und in der verfluchten Menge verschwunden war, diesen Traum und diese Vollendung verkörperte, die ich, wie alle Träume, nie wieder einholen und wiederfinden würde.

Ein Abend, der mit einer Niederlage begann, kündigte eine ganze Serie von Niederlagen an. Nach drei Stunden Herumirrens auf den Boulevards, nach einer Pechsträhne – in der ein Mißerfolg den nächsten nach sich zog, denn mit jeder Zurückweisung verlor ich ein bißchen mehr von meiner fiebrigen und beharrlichen List und wurde grob – durch diese Grobheit rächte ich mich bei jeder neuen Frau für die mir von der vorhergehenden zugefügte Beleidigung –, müde und am Ende meiner Kräfte durch das Laufen, die Schuhe weiß von Staub, mit einer von Verdruß ausgedörrten Kehle, fühlte ich nicht nur kein sexuelles Bedürfnis mehr, sondern ich fühlte mich so asexuell wie nie – aber ich irrte weiter über die Boulevards, als hätte ein bitterer Eigensinn mir ein Zaumzeug ins Gebiß geschoben, und das brennende Leid desjenigen, der zu Unrecht zurückgewiesen worden ist, hielt mich zurück und hinderte mich, nach Hause zu gehen. Dieses schmerzliche Gefühl war mir seit meiner Kindheit vertraut. Eines Tages, als ich noch ein ganz kleiner Junge war, kam ein neuer Schüler in unsere Vorbereitungsklasse, ein Neuer, der mir sehr gut gefiel, aber ich wußte nicht, wie ich mit ihm Kontakt aufnehmen und sein Freund werden konnte, denn ich litt damals schon an der großen Scheu, meine Gefühle auszudrücken. Eines Tages in der Frühstücksstunde, als dieser Junge sein Paket aufmachte und ein Brötchen herausnahm, ging ich zu ihm hin – und um unsere Beziehungen mit einem Scherz zu beginnen, tat ich so, als wollte ich ihm sein Frühstück wegnehmen. Zu meiner großen Überraschung aber entzog sich der Neue flink, wurde rot vor Zorn und beschimpfte mich. Ich zwang mich zu lächeln, schämte mich aber über dieses jämmerliche Lächeln, mit dem ich meine Ehre zu retten glaubte, und wiederholte die Geste, als wollte ich ihm dennoch sein Frühstück wegnehmen. Der Neue machte seinen Arm frei und schlug mich. Er war älter und stärker als ich, und er schlug mich – aber als ich danach in einer Ecke heulte und schniefte, waren meine Tränen besonders bitter, nicht weil es weh getan hatte, sondern weil man mich wegen eines Brötchens für zwei Sous geschlagen hatte, nach welchem ich die Hand ausgestreckt hatte, nicht um mich seiner zu bemächtigen, sondern um unter dem Vorwand, es wegnehmen zu wollen, meine Freundschaft zu schenken und einen Teil meiner Seele anzubieten. Geprügelt auf solche Art, lief ich oft durch die langen Moskauer Nächte, und in dem Maße, wie die Straßen sich leerten und folglich meine Ansprüche an das Äußere der gesuchten Frau sanken, fand ich schließlich eine erbärmliche Dirne, die zu allem bereit war – und in so einer kalten, morgendlichen rosa Stunde war ich schon zufrieden, wenn ich mich dem Hotelportal näherte und wollte nichts mehr von ihr, und wenn ich blieb und dennoch ein Zimmer nahm, so war es mehr aus einer merkwürdigen Verpflichtung dieser Frau gegenüber als zu meiner eigenen Lust. Möglich ist indessen auch, daß dies überhaupt nicht stimmte, denn genau in diesen Momenten fühlte ich endlich jene Sinnlichkeit in mir sich kundtun, die, wie ich geglaubt hatte, mich schon die ganze Nacht getrieben hatte.

II

Es geschah im August, daß Jag, der aus Kasan zurückgekehrt war, direkt vom Bahnhof bei mir vorbeikam, um mich abzuholen, mich weckte und schüttelte, drängte, mich anzukleiden, und mich mit sich fortzog. Unten wartete ein Luxus-Fiaker. Zweifellos am Bahnhof gemietet, war er nicht im besten Zustand. Das Pferd sah traurig aus und war zu klein für eine so hohe Kalesche, die auf Autoreifen lief, und der Wagen selbst neigte sich stark zu meiner Seite. Die Kotflügel waren zerkratzt, und ihre Fugen zerfielen in rostende Fäulnis. Jag trug einen hellgrauen Anzug mit Knautschfalten an den Ärmeln – was sicher am Koffer lag –, einen weißen Strohhut mit dreifarbigem Band, sein Gesicht war gelb, mit roten Flecken unter den Augen wie von Brennesseln, und auf den hellen Haaren seiner Brauen sowie in den Augenwinkeln lag Wagenstaub. Ich starrte die ganze Zeit auf die schwarzen, feuchten Kohlerückstände in seinen Augenwinkeln, die ich ungeschickt mit einem über meinen Finger gezogenen Taschentuch auszuwischen versucht hatte. Aber Jag deutete meinen Blick anders. Er hob ständig seinen Arm mit der Krücke des Spazierstocks, die über den Ärmel glitt, drückte den Rand seines Strohhuts, den der Wind hob und verdrehte, herab und lächelte mich mit geröteten Lippen an. «Immer noch genauso schön», schrie er mir durch den Wind zu, «und doch sehe ich –» hier drehte sich der Rand seines Strohhuts wieder nach oben – «ich sehe in deinen Augen», schrie er, «die ewige Qual des Pleiteseins.» Und gegen den Wind brummelnd, ich glaube irgend etwas wie Entschuldige bitte oder in der Art, verzog Jag das Gesicht, lehnte sich nach hinten, um leichter in die

Tasche zu kommen, zog einen Packen Hundert-Rubel-Noten hervor, riß eine heraus, zerknitterte sie und stopfte sie mir in die Hand. «Nimm, nimm», rief er grimmig und setzte mit seiner Unwilligkeit meiner Weigerung ein Hindernis entgegen, «du nimmst sie von einem Russen, scheint mir doch, nicht von irgendeinem Europäer, mein Kleiner ...» Und er fing gleich an, Kasan und seinen Vater heraufzubeschwören, den er «Papagna» nannte, und plötzlich wurde es leicht zu sprechen, denn der Wagen rollte auf Asphalt und lief wie auf Butter – eine Empfindung, die vom Klappern der Hufe widerlegt wurde, das so ineinander überging, daß das Pferd zu gleiten schien.

Ich fühlte mich allerdings nicht wohl. Die für mich unerwarteten und angenehmen hundert Rubel machten mich trotz aller widerstrebender innerer Anstrengungen auf erniedrigende Weise nachgiebig gegen Jag. Ich lauschte mit übertriebener Aufmerksamkeit der Erzählung über «Papagna», die mich gar nicht interessierte, ich mühte mich, Jag Platz zu lassen, der wegen der Schlagseite der Kutsche ständig zu mir herüberrutschte, während ich mich innerlich dagegen wehrte und mich gleichzeitig dieser laschen Notwendigkeit unterwarf, die nicht nur nicht aus meinem Willen kam, sondern diesem rundheraus entgegenstand, und ich fühlte mit erniedrigender Deutlichkeit, daß ich Jag gegenüber immer mehr diese spöttische Unabhängigkeit verlor, das Gesicht meines Ichs, eben welchem er allerdings das Geld gegeben hatte. Ich fühlte auch, daß dieses Gesicht, das wahre, irgendwo in mir war, schrecklich nah, und daß ich es wiedererlangen würde, sobald ich mich losgemacht hätte – nicht von dem Geld, denn ich brauchte es –, sondern von der Gegenwart Jags. Aber es war nicht möglich zu gehen, ich nahm einen banalen Witz Jags zum Vorwand, auf so abstoßende Weise darüber zu lachen, daß ich mir gern und mit Vergnügen selbst aufs Maul geschlagen hätte, und ich stopfte mir das Geld in die Tasche, ganz so, als ob ich es gestohlen hätte.

Wir tranken Wodka in einem Kneipen-Restaurant, dessen zutiefst russischer Name *Zum Adler* in weißen Lettern auf einem gelben, ins Grünliche gehenden Schild geschrieben stand. Ein Kellner servierte den Tee in einer weißen Teekanne, und ich sah jedesmal neidisch zu, wie Jag den Wodka aus einer Teetasse trank. Er goß ihn direkt in den Mund, ohne zu schlucken, sein Gesicht verzog sich nicht, sondern strahlte von innen her.

Ich konnte es ihm nicht nachmachen. Das feuchte Brennen des Wodkas, besonders wenn nach dem Schlucken der erste Atemzug, der den Mund und die brennende Kehle kühlte, einen ekelhaften Alkoholgeruch annahm, stieß mich extrem ab. Ich trank Wodka, weil Unmäßigkeit als ein Element von Verwegenheit angesehen wurde und um zu beweisen – man wußte nicht wem und wozu –, daß man mehr trinken und klarer bleiben konnte als die anderen. Während ich mich schon schrecklich schlecht fühlte und mir jede Bewegung befehlen und dann erst mit äußerster Konzentration ausführen mußte – bemerkte ich wie einen angenehmen Sieg den Moment, als Jag, der eine Tasse trank, nachdem er schon zahlreiche Teekannen gelehrt hatte, plötzlich die Augen schloß, erbleichte und, seinen Kopf mit der Hand stützend, völlig erledigt schien. Das Licht brannte schon in dem Etablissement, die Fliegen kreisten um die Lampe, und eine Vorrichtung von leicht zitternden Leiern vor einem blauen Netzhintergrund erfüllte die Luft mit einer leblosen Musik.

Spät schon, kurz bevor es schloß, landeten wir in einem Café à la mode. Wir sahen unsere übernächtigten Gesichter in den Spiegeln und bewegten uns auf dem Parkett wie auf der Brücke eines schwankenden Schiffes: bewegten uns schnell nach vorn, wenn es sich hob, und warfen uns bremsend nach hinten, wenn es sich vor uns niedersenkte. Jag kaufte beim Portier, der in einer Mischung aus Majestät und Unterwürfigkeit an einen in Ungnade gefallenen Würdenträger erinnerte, noch eine Flasche Schnaps und verständigte sich mit zwei Bedienungen, daß man zunächst spazierenfahren und danach den Abend bei ihnen beenden würde.

Unten, an der schummrigen, widerhallenden Durchfahrt, wo wir auf sie hatten warten müssen, machten wir uns miteinander bekannt. Sie hießen Nelly und Kitty, aber Jag, der sie sofort Nastiuka und Katiuka getauft hatte und allen väterlich den Hintern tätschelte, drängte, daß man einstieg und losfuhr. Von Kitty sah ich nur einen kleinen hageren Körper und kleine Löckchen, die wie Mäuseschwänze an den Wangen klebten. Ich mußte zu Nelly einsteigen, und die Fahrt im Wind war angenehm. Die wenigen Passanten und die Reihen der Straßenlaternen waren gleichermaßen unbeweglich, und erst in einer gewissen Entfernung verließen sie ihren Platz und flogen davon. Nelly saß neben mir. Ihr Hals war ersichtlich schief, aber mit ihrem Lächeln und ihren ständigen Blicken von der Seite schaffte sie es manchmal, diese Häßlichkeit in Koketterie zu verwandeln. Und zweifellos, weil der Wodka kräftig in meinem Kopf flimmerte – und weil ich von der Verpflichtung entbunden war, mir vorzustellen, was die Passanten von mir dachten –, kam es, daß ich sie küßte. Auf sehr unangenehme Weise, während ich mich gegen ihre kalten, feuchten, fest geschlossenen Lippen preßte, brummte sie «mmm» durch die Nase, und der Klang dieses «mmm» stieg immer höher, bis er eine bestimmte Note erreicht hatte, die höchste, spitzeste, und da begann sie sich zu wehren.

Wir fuhren in eine finstere Einfahrt, über der eine petroleumgelbe 8, bestehend aus zwei kokett geöffneten Kreisen, die keinen Kontakt miteinander hatten, eine unsichtbare Laterne durchbohrte, die beiden Kutscher sprangen ab und verlangten in übertrieben bedrohlichem Ton einen Aufpreis, Nelly und Kitty zogen uns an der Hand eine lange Treppe hinauf, und nachdem sie lange gebraucht hatten, die Tür zu entriegeln, führten sie uns in den finsteren Flur einer unbekannten Wohnung. Dann öffneten sie noch eine Tür, und in dem dunklen Zimmer zeichnete sich, vom Morgengrauen erhellt, ein Fenster ab, auf dem sich die Nacht niederließ, als wir Licht machten. «Leise, um Gottes willen, leise, meine Herren», bat Nelly mit flehender Miene und legte ihre verarbeitete Hand mit den manikürten Fingernägeln auf die Brust, während Kitty vorsichtig ein kleines Kanapee zurechtschob, hinter es trat und einen rot gefransten Seidenschal über die Stehlampe warf.

«Meine Liebe, 's gibt kein Problem», schrie Jag auf eine Art und Weise, daß die Mädchen wie bei einem Befehl oder wie in Erwartung von Schlägen den Kopf zwischen die Schultern zogen, «wenn eure Lungen und die Sprungfedern des Sofas in gutem Zustand sind, wird es keinen Lärm geben.» Und Jag grinste, legte den Kopf nach hinten und breitete seine Arme aus. Als wir endlich alle saßen und Jag als erster den Alkohol, so trübe wie Sumpfwasser, getrunken hatte, wurde ihm plötzlich schlecht. Sein weißes Gesicht erschlaffte, er schniefte laut, erhob sich, sperrte weit den Mund auf, lief zum Fenster, und mit der Brust auf der Fensterbank und in zuckendem Rucken begann er hinauszuspeien. Ich hatte auch Ekelanfälle, und so oft ich auch schluckte, mein Mund füllte sich immer wieder. Kitty blieb sitzen, verbarg ihr Gesicht verschämt mit den Händen, aber zwischen den Fingern folgte mir ihr dunkles, lachlustiges Auge. Was Nelly anging, so sah sie Jag mit verächtlich nach unten gezogenen Mundwinkeln an und schüttelte den Kopf, als seien ihre schlimmsten Vorahnungen bestätigt.

Jag kam hochbefriedigt vom Fenster zurück und ließ sich von neuem unternehmungslustig neben uns auf das Sofa fallen. «Nun gut», sagte er, «jetzt zu den Fleischtöpfen.» Er umschlang Nelly und preßte sie an sich. Immer wenn sie seinen Kopf mit der Hand wegstieß, drehte sich Jag, ohne sie loszulassen, zu mir und sah mich an, und ich lächelte ihm beifällig zu, als wollte ich ihn in einer sehr amüsanten Affäre unterstützen. Um Nelly endgültig an sich zu ziehen, kippte Jag immer mehr zu seiner Seite und endlich, ein Bein in der Luft auf der Suche nach einem Widerstand, traf er mit dem Fuß den Tisch und stieß ihn mit Macht von sich.

Nach einem Krach, der uns fürchterlich vorkam, verharrten wir einige Minuten wie angebunden, lauschten und atmeten heftig. Im erhellten Fenster sah man Spatzen auf einer Leitung sitzen, und das erinnerte an Stacheldraht. Schrecklich vorsichtig, um nicht das leiseste Geräusch zu machen, hob ich den Tisch wieder auf, als könnte die Lautlosigkeit, mit der ich ihn wieder auf die Füße stellen wollte, gewissermaßen den Krach seines Umfallens mindern. «Nun gut, hoffen wir also ...» fing Jag an, aber Nelly machte mit wütenden Blicken «sst, sst», streckte warnend den Arm aus und beließ ihn so. Und tatsächlich ging im selben Moment irgendwo im Flur leise die Tür, dann ein Tappen, dann näherte sich etwas und hielt direkt hinter unserer Tür, deren Griff sich mit der Langsamkeit einer Drohung senkte. Zunächst sah mich durch den kaum geöffneten Türspalt ein verängstigtes Auge unruhig an, dann wurde die Tür weit und frech aufgestoßen, und was mit schockierender Resolutheit ins Zimmer trat, war ein Männerpyjama, dessen Kragen hochgestellt war um den anbetungswürdigen Kopf einer Frau. Die hohen Absätze ihrer roten Hausschuhe schleiften und klopften über das Parkett. «So, so, so», sagte sie und sah Nelly und Kitty an, als wären wir gar nicht da. «Ich sehe, daß Sie reizende Mieterinnen sind. Und soll es die ganze Nacht so weitergehen, hm?» Nelly und Kitty saßen Seite an Seite auf dem Sofa. Nelly mit ihrem schiefen Hals und den weitaufgerissenen Augen starrte in das Gesicht der Sprechenden und blinzelte mit offenem Mund. Kitty hielt den Kopf gesenkt und zeichnete mit dem Finger Kreise auf ihr Knie; sie verzog das Gesicht und spitzte die Lippen, als wollte sie pfeifen. Jag rettete die Lage, und das keineswegs, weil er zu betrunken war, sondern nur so tat, als wäre er es, und sich so aus der Zahl der Schuldigen ausschloß. Er öffnete die Arme so weit, daß seine Knie einknickten, und mit herausgestrecktem Bauch ging er vorsichtig auf die neu Angekommene zu und intonierte mit dem Blöken eines Besoffenen ein Lied, das er gleich wieder abbrach und sich fröhlich setzte.

Dann fand die folgende Unterhaltung zwischen der schönen Besitzerin der Wohnung und mir statt.

Sie: Ihr Kamerad singt sehr gut. Aber weshalb schließt er die Augen? Ah ja, um nicht zu sehen, daß ich mir die Ohren zustopfe.

Ich: Der Geist fügt der Erscheinung einer Frau dasselbe hinzu, was ein männliches Kleidungsstück ihrer Figur verleiht: er unterstreicht die Reize wie die Makel.

Sie: Ich fürchte, Sie würdigen meinen Geist nur wegen dieses Kleidungsstücks.

Ich: Nein, aus Höflichkeit. Es wäre schade, Ihre Figur nach Ihrem Geist zu beurteilen.

Sie: Man könnte die Galanterei der Höflichkeit vorziehen.

Ich: Ich danke Ihnen.

Sie: Wofür?

Ich: Höflichkeit ist geschlechtslos. Galanterie ist fleischlich.

Sie: In diesem Fall kann ich Ihnen versichern, daß es nicht in meiner Absicht steht, Galanterie von Ihnen zu erwarten. Und außerdem, Sie ... Für den Galanten duftet die Frau wie eine Rose, aber für Ihresgleichen würde man eher sagen, daß selbst die Rose nach Frau riecht. Und wenn man Sie wirklich ernstlich fragen würde, wüßten Sie nicht einmal, was eine Frau ist.

Ich: Was eine Frau ist? Aber ja, warum? Ich weiß: die Frau ist kalt wie Champagner, sie macht noch trunkener, und in französischer Verpackung kostet sie mehr.

Sie ließ ihre Hose flattern, klapperte mit den Absätzen und näherte sich mir. «Wenn Ihre Definition stimmen würde», sagte sie leise mit vielsagendem Blick in Richtung Nelly und Kitty, «so müßte ich Ihnen versichern, daß Ihr Weinkeller viel zu wünschen übrig läßt.» (Ich fühlte die schamhafte Begeisterung des Siegers und senkte den Kopf, ohne etwas zu sagen.) «Indessen», fügte sie schnell und beinahe flüsternd hinzu, «vielleicht können wir eines Tages diese reizende Konversation wiederaufnehmen. Ich heiße Sonja Mintz.» Sie senkte den Kopf, um mein Gesicht zu sehen, während ich mich respektvoll verneigte, um ihre hingehaltene Hand zu küssen, und sie mit erstauntem Einverständnis oh-oh-oh sagte und ein Fuchsschnäuzchen zog, was ihre erschreckend blauen Augen schlitzäugig wie bei einer Chinesin machte.

Und darauf wandte sie sich gleich an Jag und mich, als wären Nelly und Kitty nicht im Zimmer, und sagte, sie habe nichts gegen unsere Anwesenheit hier und bitte nur darum, daß wir weniger Lärm machten. Kaum hatte sie diese Worte gesprochen und die Tür hinter sich geschlossen, da nahm Jag seinen Strohhut und seinen Stock, ich griff nach meiner Mütze, und als wären wir von einem stillschweigenden Einverständnis oder von identischen Gefühlen bewegt, verabschiedeten wir uns. Und so verhielt es sich: Während Nelly und Kitty uns über den Flur hinausbrachten, trieb mich eine Art Abwehr oder Furcht, man könnte dort hinten in der Wohnung ein intimes Wort hören, das mich an die

Mädchen gebunden hätte, sie so schnell wie möglich zu verlassen und mich, ohne mit ihnen zu sprechen oder sie zu berühren, von ihnen loszumachen; aber als ich die Treppe hinabgestiegen war und in den Hof trat, hatte ich plötzlich Mitleid mit dieser Nelly und dieser Kitty, ich empfand in meinem Herzen ernsthaft Mitleid für diese beiden Mädchen, als hätten x-beliebige Menschen, darunter ich, sie zu Unrecht beleidigt.

III

Am nächsten Morgen erwachte ich, vielmehr ich wurde geweckt von einem Gefühl schneidender Unruhe und ungewohnt starker Freude, dabei hatte ich üble Kopfschmerzen, eine völlig ausgetrocknete Kehle und, als sei dort eine Nadel eingepflanzt, eine Reihe von Herzstichen, wie sie auf eine Wodka-Sauferei gewöhnlich folgen. Es war noch früh. Die Amme schlurfte über den Flur, machte pch, pch, pch, und die Worte, die sie mit diesem pch, pch meinte und einer Person unterlegte, mit der sie sich gerade stritt, hatten sie zweifellos so sehr aufgeregt, daß sie dicht vor meiner Zimmertür stehenblieb und schrie: «He du! Das hat gerade noch gefehlt!» Ich drehte mich zur Seite, rollte mich ein, stöhnte, als wollte ich sagen «oh, wie ist das hart» – wobei ich mich aber gut und glücklich fühlte –, und ich tat, als wollte ich wieder einschlafen, obgleich ich ganz genau wußte, daß es mir in diesem Zustand freudiger Erregung vollkommen unmöglich wäre, Schlaf zu finden oder auch nur im Bett zu bleiben. Aus der Küche hörte man einen Wasserstrahl beim Austritt aus dem Hahn ein scharfes Zirpen von sich geben, welches, als der Topf daruntergehalten wurde, in ein sonores Dröhnen überging, dessen Klang anstieg. Es war in diesen Geräuschen etwas so Rührendes, daß ich in meinem Bedürfnis, dem Übermaß an Freude freien Lauf zu lassen, aufsprang und mit aller Kraft nach der Amme schrie, wobei die Nadel, die mir ins Herz gepflanzt war, sich bewegte und ein diffuser, giftiger Schmerz sich in meinen Schläfen ausbreitete. Der Wasserhahn verstummte augenblicklich, aber man hörte kein Pantoffelklappern, und deshalb kam die Amme plötzlich und geräuschlos, als flöge sie durch die

Luft, zur Tür hinein. Auch ohne sie zu sehen, kannte ich mit Gewißheit den Grund ihrer leisen Schritte. «Was gibt es, Waditschka, es ist kaum hell, und schon schreist du so. Du wirst noch deine Mutter aufwecken.» Ihr winziges Gesicht einer Sechzigjährigen, von der Farbe des Herbstlaubs, war finster und besorgt. «Wie kommst du dazu, Teufelin, jetzt, mitten im Sommer, Filzstiefel zu tragen?» fragte ich, ohne den Kopf zu heben, und lauschte zwischen Kopf und Kissen auf das diffuse Schmerzbrummen, das sich langsam beruhigte. «Weil mir die Füße weh tun, Waditschka», sagte sie mit der Bitte um Nachsicht und darauf sofort praktisch: «Aber du hast mich nicht deswegen gerufen?» Und die Amme, die vorwurfsvoll den Kopf schüttelte und den Mund hinter der Hand verbarg, sah mich mit ihren liebevollen, lachenden Augen an. «Doch, doch», sagte ich und versuchte, sie mit der schläfrigen Ruhe meiner Stimme zu täuschen, «nur deswegen», und sprang sofort aus dem Bett, wütend und wie ein Mörder vor dem Sprung geduckt, die Hände nach hinten, als hielte ich einen Dolch, stampfte mit den Füßen, als verfolgte ich die Amme, die erschreckt schon auf der Flucht war, und brüllte wütend: «Verschwinde, he, ich krieg dich, o-lu-lu, raus hier!»

Die Schau indessen, die ich an diesem Morgen vor den blauen Augen von Sonja Mintz abzuziehen meinte, war damit noch keineswegs beendet. Ich tat alles, was ich an diesem Morgen machte, nicht wie gewöhnlich, sondern eben gerade so, als sähe Sonja mir wirklich zu und verfolgte alles, ohne mich aus den Augen zu lassen, mit höchster Bewunderung. (Ich schrieb diese Bewunderung eben der Veränderung zu, die meine gewöhnlichen Handlungen von meinen heutigen Taten und Gesten unterschied.) So holte ich zum Beispiel ein sauberes Hemd aus dem Schrank, das einzige Seidenhemd, das ich besaß, und nachdem ich es untersucht hatte, warf ich es zu Boden, einfach nur, weil an der Schulter eine Naht sich leicht gelöst hatte, und trampelte darauf herum, als besäße ich ein Dutzend. Beim Rasieren schnitt ich mich, und ich kratzte weiter auf der verletzten Stelle, als täte es gar nicht weh. Ich zog meine Unterwäsche aus, um mich umzuziehen, und blähte meinen Oberkörper bis an die Grenze des Möglichen und zog den Bauch ein, als besäße ich wirklich einen prächtigen Körper. Ich probierte den Kaffee und schob ihn launisch wie ein verwöhntes Kind von mir, obgleich er gut war und ich Lust hatte, ihn zu trinken. An diesem Morgen stieß ich zum erstenmal unfreiwillig auf die unüberwindliche und erstaunliche Gewißheit, daß ich so, wie ich wirklich war, auf keinen Fall einem geliebten Wesen gefallen und ihm entsprechen könnte.

Nachdem ich in meiner Tasche vorsichtig nach dem Hundert-Rubel-Schein getastet hatte, trat ich auf die Straße, es war fast elf Uhr. Die Sonne schien nicht, der Himmel hing tief und war von mattem Weiß, aber es war unmöglich hochzuschauen, denn die Augen tränten. Das Wetter war drückend und feucht. Meine Unruhe stieg und stieg. Sie beherrschte all meine Empfindungen, und ich spürte sie auch schon im oberen Teil meines Magens, der sich zu verkrampfen schien. Auf dem Weg zum Blumenhändler kam ich an einem teuren, modernen Hotel vorbei und beschloß, ich weiß nicht wieso, hineinzugehen. Ich setzte die Drehtür in Bewegung, sah im Kristallglas zitternd das Nachbarhaus vorbeirollen, trat in die Halle und durchquerte sie. Aber das Café war so verlassen, und aus dem Zigarrenrauch, den gestärkten Tischtüchern, den Ledersesseln, dem Honig und dem Kaffee stieg eine Art Reiseunruhe auf, daß ich meinem Gefühl nach nicht eine Minute länger bleiben konnte, und nachdem ich so getan hatte, als suchte ich jemand, fand ich mich auf der Straße wieder.

Ich weiß nicht genau, in welchem Moment ich beschloß, Sonja Blumen zu schicken. Ich wußte nur, daß diese Entscheidung in dem Maße an Tragweite zunahm, wie ich mich dem Blumenhändler näherte. Ich überlegte zuerst, ihr einen Korb zu zehn Rubel zu schicken, dann zu zwanzig, zu vierzig – und wie die freudige Verblüffung Sonjas parallel zur Blumenmenge wachsen würde, so war ich, als ich mich dem Blumenhändler näherte, davon überzeugt, daß ich die ganzen hundert Rubel, die ich besaß, ausgeben mußte. Ich ging am Schaufenster des Blumenladens vorbei, wo die Blumen in tränenden Flecken Grimassen schnitten – das Wasser rann von innen über die Fenster –, und nachdem ich den feuchten, duftenden Halbschatten eingeatmet hatte, schloß ich im Geist die Augen unter dem furchtbaren inneren Schock: Sonja war im Laden.

Ich trug eine alte Mütze aus der Schulzeit mit zerfranstem Schirm und verwaschenem Band, die nicht mehr frische Schuluniform vom Vorabend, eine abgewetzte Hose mit Taschen bis zum Knie, meine Beine zitterten schrecklich, und ich schwitzte ekelerregend wie inmitten eines Feuers. Aber es war unmöglich zu gehen. Die Verkäuferin stand vor mir und fragte, ob Monsieur einen Korb oder ein Bukett wolle, und sie hatte schon die Zeit gehabt, auf zehn verschiedene Blumen zu zeigen, die ich vom Sehen kannte, ohne von den meisten den Namen zu wissen, und dann zählte sie zehn Arten auf, die ich überhaupt nicht kannte.

Genau in dem Moment drehte Sonja sich vollends um und kam leise lächelnd auf mich zu. Sie trug ein graues Kostüm, ein Veilchenstrauß aus Filz war schlecht festgesteckt und drückte Falten in ihr Revers, ihre Schuhe waren flach, und beim Gehen drehte sie ihre Fußspitzen auf eine wenig weibliche Art. Erst als sie an mir vorbei zur Kasse ging, die sich hinter mir befand, begriff ich, daß sie nicht mir oder dem, was sie sah, zulächelte – sondern ihren eigenen Gedanken. Und kaum war sie hinter meinem Rücken, da sagte ihre so eigenwillige, ein wenig brüchige Stimme, an die ich mich den ganzen Morgen nicht hatte erinnern können, zum Kommis, der ihr die Tür aufhielt: «Bitte schicken Sie die Blumen gleich, sonst geht Monsieur aus, und er wird sehr böse sein. Danke.» Sie ging.

Als ich auf dem Nachhauseweg einen Ort suchte, um die paar aus Anstand gekauften Nelken wegzuwerfen, wußte ich bereits, daß mit Sonja alles aus war.

Natürlich wußte ich, daß zwischen Sonja und mir noch absolut nichts gewesen war und daß alles, was gewesen war, nicht in meinen Beziehungen zu ihr, sondern nur in mir selbst bestanden hatte; es lag auf der Hand, daß Sonja meine Gefühle nicht kennen konnte und daß ich zweifellos gezwungen war, sie ihr auf irgendeine Weise mitzuteilen und auch bei ihr hervorzurufen. Aber genau dieses Bewußtsein der Notwendigkeit, um Sonja zu werben, der Notwendigkeit, mich auszusetzen und ein Wesen, das mißtrauisch und also fremd war, von meinen Gefühlen zu überzeugen, bedeutete für mich schlicht, daß mit Sonja alles beendet war. Und vielleicht ist es wahr, daß es in der Art, wie man einer Frau den Hof macht, eine Art von ekelerregender Lüge gibt, eine von Lächeln übertünchte, lauernde Feindschaft.

Gegenwärtig fühlte ich das besonders heftig, und eine Art beleidigter Bitterkeit entfernte mich von der lebenden Sonja, sobald ich mir vorstellen mußte, um ihre Liebe anzuhalten. Es gelang mir nicht sehr gut, mir dieses schwierige Gefühl zu erklären, aber es schien mir, daß, wenn ich als ehrlicher Mensch von einem geliebten jungen Mädchen des Diebstahls bezichtigt worden wäre, dann hätte mich dasselbe Gefühl bitteren Beleidigtseins daran gehindert, mich dahin zu erniedrigen, das geliebte junge Mädchen von meiner Unschuld zu überzeugen – wohingegen ich es mit vollkommener Leichtigkeit geschafft hätte, wenn es sich um irgendeine andere Frau gehandelt hätte, die mir gleichgültig war. Und in diesen kurzen Augenblicken gewann ich zum erstenmal durch meine eigene Erfahrung die Gewißheit, daß es auch beim Letzten und Elendsten solche Gefühle gibt, Gefühle unbeugsamen Stolzes, die absolute Gegenseitigkeit verlangen und den Schmerz bitterer Einsamkeit den Freuden eines Erfolgs vorziehen, der durch die erniedrigende Fürsprache der Vernunft errungen worden ist.

Und wer war das, dieser «Monsieur», dem sie Blumen schickte? dachte ich, und meine Müdigkeit war derart, daß ich mich bereit fühlte, mich sofort hier auf der Treppe auszustrecken. Ein Monsieur. Mon-sieur. Was war das für ein Wort? Ein Herr – ein Meister – ja, das war verständlich und überzeugend. Aber was ist ein Monsieur, irgendein Fatzke. Ich öffnete die Tür, lief über den Flur, und in der Hoffnung, mich so schnell wie möglich auf mein Sofa zu legen, ging ich in mein Zimmer. Es war schon aufgeräumt, aber es herrschte dort – auf sommerliche Art – eine staubige Atmosphäre, hell und armselig. Und auf dem Tisch lag das bauschige, in weißes, mit Nadeln zusammengeheftetes Seidenpapier gehüllte Paket. Es waren die Blumen von Sonja mit ein paar Zeilen und der Bitte, uns am selben Abend zu treffen.

IV

Gegen Abend hörte der Regen auf, aber die Trottoirs und der Asphalt waren noch naß, und die Straßenlaternen spiegelten sich darin wie in schwarzen Seen. Die riesenhaften Kandelaber zu beiden Seiten eines Gogol aus Granit brummten leise. Das Licht ihrer milchigen Kugeln, die im Netz ihrer Einfassungen hoch oben an den gußeisernen Masten hingen, drang nur schwach nach unten, und nur hier und da flackerten Goldstücke in den schwarzen Haufen nassen Laubwerks. Als wir vorbeigingen, löste sich ein Regentropfen von der spitzen Nase, der Nase aus Stein, fing im Fallen den Schimmer der Lampe auf, leuchtete blau auf und erlosch sogleich. «Haben Sie gesehen?» fragte Sonja. Ja. Natürlich. Ich hatte gesehen.

Langsam und wortlos gingen wir weiter und bogen in eine Gasse ein. In der feuchten Stille hörte man irgendwo ein Klavier, aber ein Teil der Töne verlor sich, wie es häufig vorkommt, wenn man auf der Straße ist; nur die lautesten erreichten uns und prallten so ohrenbetäubend gegen die Steine, daß man hätte meinen können, jemand schlüge in dem Zimmer mit dem Hammer auf eine Glocke. Erst unter dem Fenster nahmen die fehlenden Töne wieder ihren Platz ein: es war ein Tango. «Mögen Sie diesen spanischen Stil?» fragte Sonja. – «Nein», sagte ich auf gut Glück, «ich mag lieber den russischen.» – «Warum?» Ich wußte nicht warum. Sonja sagte: «Die Spanier besingen immer ihre traurige Leidenschaft, und die Russen ihre leidenschaftliche Traurigkeit, vielleicht liegt es daran, hm?» – «Ja, zweifellos. Ja, genau das ist es ... Sonja», sagte ich, und ich überschritt mit wonniger Anstrengung die Schwelle dieses friedfertigen Vornamens.

Wir gingen um eine Straßenecke. Es war dunkel dort. Ein Fenster zur ebenen Erde war hell erleuchtet. Und darunter glitzerte ein Viereck auf den runden, feuchten Pflastersteinen, als hätte man ein Tablett mit Aprikosen auf die Erde gestellt. Sonja sagte «Oh!» und ließ ihre Handtasche fallen. Ich bückte mich schnell, hob die Handtasche auf und zog mein Taschentuch heraus, um sie damit abzuwischen. Sonja aber sah mir, ohne zu beachten, was ich tat, fest in die Augen, streckte die Hand aus, nahm mir die Mütze vom Kopf, hielt sie gegen ihren angewinkelten Arm und begann, sie vorsichtig mit den Fingerspitzen zu streicheln, als wäre es eine kleine, lebende Katze. Vielleicht deswegen oder weil sie mir in die Augen sah, machte ich einen Schritt auf sie zu (die Handtasche in der einen Hand, das Taschentuch in der anderen) und mit der Angst, plötzlich in Ohnmacht zu fallen, umarmte ich sie. – Sie dürfen, sagten ihre Augen, die sich ermattet schlossen. Ich beugte mich vor und streifte ihre Lippen. Und vielleicht war es genauso: mit dieser unmenschlichen Reinheit, dieser freudigen Inbrunst, die den so kostbaren Schmerz erzeugt, alles zu geben – sowohl das Herz wie die Seele, wie das Leben –, näherten einstmals die ausgezehrten, fürchterlichen, geschlechtslosen Märtyrer ihre Lippen den Heiligenbildern. «Lieber», sagte Sonja klagend, entzog ihre Lippen und näherte sie wieder, «Kind – mein Liebling – du liebst, nicht wahr – sag es.» Mit aller Macht suchte ich in mir nach den nötigen, großartigen, wundervollen Worten der Liebe, den Worten, die ich sagen würde, die ich auf der Stelle sagen mußte. Als hätte mich meine amouröse Erfahrung überzeugt, daß nur der schön von der Liebe sprechen kann, für den sie nur noch Erinnerung ist – daß nur der überzeugend von der Liebe sprechen kann, dessen Sinnlichkeit angerührt worden ist, daß aber der, dessen Herz mit Liebe geschlagen ist, nichts als schweigen kann.

V

Zwei Wochen vergingen, in denen mein Glücksempfinden immer aufgeregter und fieberhafter wurde, untermischt mit jener zerreißenden Unruhe, die zweifellos jedem Glück eigen ist, das sich zu rasch in wenigen Tagen verdichtet hat, anstatt ruhig und leicht über Jahre auszuströmen. Alles in mir verdoppelte sich.

Die Empfindung von Dauer verdoppelte sich. Der Morgen begann, dann kam das Treffen mit Sonja, das Diner irgendwo außer Haus, eine Spazierfahrt aufs Land, schon war es Nacht, und der Tag war wie ein fallender Stein gewesen. Aber es genügte, die Augen ein wenig den Erinnerungen zu öffnen, und schon nahmen diese wenigen Tage, die so schwer mit Eindrücken beladen waren, die Dauer von Monaten an.

Die Kraft, die mich zu Sonja hinzog, verdoppelte sich. Ich empfand in ihrer Gegenwart den ständigen, heftigen Wunsch, ihr zu gefallen, und eine grausame Furcht, sie könnte sich mit mir langweilen, und wenn die Nacht kam, war ich immer so gerädert, daß ich einen Seufzer der Erleichterung ausstieß, wenn Sonja endlich unter dem Tor ihres Hauses verschwand und ich allein war. Doch bevor ich noch zu Hause angekommen war, fing ich schon wieder an, mich nach ihr zu sehnen, ich aß nicht und schlief nicht und wurde um so fieberhafter, je näher der Augenblick des neuen Treffs kam; dann, nach einer halben Stunde, die wir zusammen verbracht hatten, quälte ich mich erneut mit dem Versuch ab, mich interessant zu machen, und fühlte mich erleichtert, wieder allein zu sein.

Die Empfindung der Einheit meiner Innenwelt verdoppelte sich. Meine Intimität mit Sonja beschränkte sich auf Küsse, aber diese Küsse lösten in mir jene schluchzende Zärtlichkeit aus, wie sie auf dem Bahnhof im Augenblick des Abschieds aufkommt, wenn man einander für lange Zeit und vielleicht für immer verläßt. Diese Art von Küssen wirkt zu sehr aufs Herz, als daß sie die Sinne wecken könnte, und diese Küsse waren sozusagen die Achse, um die sich unsere Beziehung entwickelte, und sie zwangen mich, mich in einen verträumten und sogar naiven Jüngling zu verwandeln. Es war, als hätte Sonja diejenigen meiner Gefühle ins Leben zurückgerufen, die seit langem aufgehört hatten, in mir zu existieren; die aus diesem Grund jünger waren als ich; die durch ihre Jugend, ihre Reinheit und Treuherzigkeit gar nicht zu meinen ungesunden Erfahrungen paßten. Solch ein Mensch war ich bei Sonja, und nach einigen Tagen war ich überzeugt, daß ich wirklich so war und daß nichts und niemand anderes in mir existieren konnte. Zwei oder drei Tage später begegnete ich auf der Straße Takadjew, der mich schon mehrere Male in Begleitung von Sonja gesehen hatte. (Schon auf der Schule hatte er meine mir eigene Sicht der Frauen geschätzt und gepriesen.) Kaum hatte ich Takadjew von weitem erblickt, als ich plötzlich ein eigenartig schlechtes Gewissen empfand und das zwingende Bedürfnis, mich vor seinen Augen zu rechtfertigen. Es ging mir wie einem Dieb, der unter dem Einfluß einer fleißigen Familie, in deren Schoß er sich niedergelassen hat, seinen Aktivitäten entsagt hat und jetzt einen Komplicen seiner Diebstähle trifft und sich vor ihm schämt, seine Wohltäter noch nicht ausgeraubt zu haben. Nach einer obszönen Begrüßung erzählte ich ihm, daß meine häufigen Treffen mit dieser Frau – das heißt mit Sonja – sich einzig aus den erotischen Bedürfnissen erklärten, die sie wie wahnsinnig zu erregen und zu befriedigen wisse. Meine Verdoppelung, meine Dualität lagen in diesem Fall weniger in den von meinen Lippen vorgebrachten Lügen als in der Aufrichtigkeit, mit der sich in mir das arrogante Bewußtsein eines großmäuligen Aufschneiders regte.

Die Gefühle gegenüber den Menschen, die mich umgaben, verdoppelten sich. Unter dem Einfluß meiner Gefühle für Sonja wurde ich ein richtig guter Mensch im Vergleich zu dem, der ich vorher gewesen war. Ich gab großmütig Almosen – noch großmütiger, wenn ich allein war, als in Sonjas Gegenwart –, ich spielte ständig den Narren bei der Amme, und einmal, als ich spät nachts heimging, nahm ich Partei für eine Prostituierte, die ein Passant beleidigt hatte. Aber dies neue Verhalten den Menschen gegenüber, dieser heitere Wunsch, die ganze Welt, wie man sagt, zu umarmen, verhüllte die Entschlossenheit, eben dieselbe Welt zu zerstören, sobald sich jemand veranlaßt fühlen sollte, und sei es auch nur indirekt, meiner Intimität mit Sonja und meinen Gefühlen für sie, Steine in den Weg zu legen.

Nach einer Woche waren die hundert Rubel, die Jag mir gegeben hatte, erschöpft. Mir blieben nur noch ein paar Rubel, die es nicht erlaubten, Sonja wiederzusehen, denn an diesem Tag war abgemacht, zusammen zu essen und anschließend zu Sokolniki zu gehen und bis in die Nacht dort zu bleiben.

Am Morgen, nachdem ich im Zustand nervöser Übersättigung, der sich bis zu einem Sodbrennen auswuchs, mit Abscheu meinen Kaffee hinuntergespült hatte – immer mit dem ängstlichen Gedanken: «Wie wird es ausgehen? und wie, da ich jetzt pleite bin, kann ich es schaffen, alle Tage mit Sonja zu verbringen» –, ging ich ins Zimmer meiner Mutter und sagte ihr, daß ich Geld brauchte. Sie saß am Fenster im Sessel und sah besonders gelb aus. Auf ihren Knien hatte sie bunte, ineinander verwickelte Fäden und eine Stickerei, doch sie hatte die Hände sinken lassen, und ihre matten Augen starrten mit drückender Unbewegtheit in eine Ecke. «Ich brauche Geld», wiederholte ich und bewegte die Finger auseinander wie eine Ente, denn meine Mutter hatte sich nicht gerührt, «ich brauch Geld, und zwar sofort.» Mit sichtlicher Mühe hob meine Mutter ihre Hände und ließ sie resigniert und verzweifelt wieder sinken. «Gut», sagte ich, «wenn kein Geld da ist, gib mir deine Brosche, ich werde sie verpfänden» (für meine Mutter war diese Brosche heilig, die einzig greifbare Erinnerung an meinen Vater). Immer noch keine Antwort gebend und weiterhin schwermütig vor sich niederschauend, suchte meine Mutter mit zittriger Hand in ihrer alten Corsage und holte eine alte Quittung des Pfandhauses heraus. «Aber ich brauch Geld», brüllte ich weinerlich verzweifelt bei der Vorstellung, daß Sonja bereits auf mich wartete und daß ich sie nicht treffen konnte, «ich brauche Geld, ich werde die Wohnung verkaufen, ich werde nicht vor einem Verbrechen zurückschrecken, um es mir zu verschaffen.» Ich lief durch unser kleines Eßzimmer und stürzte mich blindlings in den Flur und prallte gegen die Amme. Sie hatte an der Tür gelauscht. «Du hast mir gerade noch gefehlt, alter Teufel», sagte ich und stieß sie beiseite. Aber die Amme, vor Wagemut zitternd, ergriff meine Hand, als wollte sie sie küssen, hielt mich fest, sah mich an mit diesem eindringlichen Blick von unten her, den sie immer zu den Heiligenbildern schickte, und flüsterte: «Wadia, tu der Herrin nichts Böses. Wadia, bring sie nicht um; sie ist sowieso wie eine Tote. Heute ist der Todestag deines Vaters.» Sie starrte nicht mehr in meine Augen, sondern auf mein Kinn, wischte ihre knopfförmige Nase mit der Hand und fügte in der konfusen Art alter Menschen hinzu: «Was Geld angeht, wenn du's brauchst, vielleicht nimmst du meines? Hm? Nimm's, tu mir den Gefallen. Nimm's, um der Liebe Christi willen. Du nimmst es, ja? Nimm, ich brauch's nicht.» Und die Amme lief schnell in die Küche, kam nach einer

Minute zurück und brachte mir ein Paket mit Zehn-Rubel-Scheinen. Ich wußte, daß sie dieses Geld um den Preis der Arbeit langer Jahre zurückgelegt hatte, daß sie es sparte, damit sie es einem Heim geben konnte, um einen Winkel für das Alter zu haben, wenn sie nicht mehr genug Kraft hätte zu arbeiten – aber ich nahm es trotzdem. Und als sie mir das Geld gab, schniefte und blinzelte die Amme, sie schämte sich, ihre Glückstränen des Verzichts und der Liebe zu zeigen.

Zwei Tage später, als wir durch die Straßen fuhren – wir wollten aufs Land –, mußte Sonja bei sich zu Hause anrufen. Sie ließ den Kutscher halten – es war auf dem Platz nicht weit von unserem Haus –, und sie bat mich, auf der Straße zu warten. Ich stieg aus, ging hundert Schritte in Erwartung Sonjas, kam fast bis zur Ecke, als jemand meine Hand berührte. Ich drehte mich um. Es war meine Mutter. Sie war ohne Hut, ihre dünnen grauen Haare waren struppig, sie trug die wattierte Weste der Amme, und in der Hand hielt sie ein Einkaufsnetz. Sie streichelte wie eine Bettlerin furchtsam meine Schulter. «Mein Junge, ich hab mir ein bißchen Geld verschafft, wenn du willst, ich ...» – «Los, los», unterbrach ich sie in der schrecklichen Angst, Sonja könnte herauskommen, die widerliche Alte bemerken und erraten, daß sie meine Mutter war, «los, verschwindet sofort, sag ich Euch», wiederholte ich, denn ich konnte sie da auf der Straße ja nicht einfach mit lautstarker Stimme verjagen und redete sie deshalb mit «Sie» an. Aber als ich wieder an der Kutsche stand und Sonja, die zurückgekehrt war, einsteigen half und ihre blauen Augen sah, die wegen der Sonne, die auf die lakkierten Kotflügel der Kutsche fielen, blinzelten und schielten, da fühlte ich schon wieder ein solches Glück, daß ich ohne zu zittern den grauen Kopf, die wattierte Jacke und die geschwollenen Füße in den abgetretenen Schuhen erblicken konnte, die sich mühsam auf der anderen Straßenseite vorwärts bewegten.

Als ich am nächsten Morgen über den Flur ins Bad ging, stieß ich auf meine Mutter. Ich hatte Mitleid mit ihr, ich wußte nicht, was ich ihr wegen des Vortages sagen sollte, und ich blieb stehen und streichelte ihre schlaffe Wange. Entgegen meiner Erwartung lächelte meine Mutter nicht und zeigte keine Freude; ihr Gesicht zog sich jämmerlich zusammen, und augenblicklich flossen über ihre Wangen unzählige Tränen, die mir – ich weiß nicht weshalb – wie kochendes Wasser vorkamen. Mir schien, daß sie sich bemühte, etwas zu sagen, und vielleicht hätte sie auch etwas gesagt, aber ich hatte befunden, daß bereits alles wieder in Ordnung sei, hatte Angst, zu spät zu kommen, und ging schnell davon.

So war meine Haltung gegen andere, so war meine Dualität: einerseits der Wunsch, die ganze Welt zu umarmen, die Menschen glücklich zu machen und sie zu lieben; andererseits die schamlose Verschwendung des mühsam erworbenen Geldes einer alten Frau und die grenzenlose Grausamkeit meiner Mutter gegenüber. Und das Seltsame war, daß diese Unanständigkeit und Grausamkeit überhaupt nicht in Widerspruch standen zu meinen Liebesaufschwüngen dem ganzen lebenden Universum gegenüber – als hülfe mir die Intensivierung der für mich so außergewöhnlich guten Gefühle, Grausamkeiten zu vollbringen, deren ich mich nicht für fähig gehalten hätte (sofern diese guten Gefühle gefehlt hätten).

Aber unter all diesen zahlreichen Zersetzungen zeichnete sich die Trennung zwischen dem Geist und dem Fleische am deutlichsten ab, und sie war am schärfsten spürbar.

VI

Einmal, es war schon spät in der Nacht, ging ich, nachdem ich Sonja heimbegleitet hatte, über die Boulevards nach Hause. Ich überquerte einen Platz, der hell erleuchtet war und deshalb noch verlassener wirkte; ich kam an Prostituierten vorbei, die auf einer Bank außerhalb der Straßenbahnstation saßen. Die unzweideutigen Angebote, die sie mir machten, wenn ich vorüberging, und ihre Schäkereien berührten mich wie immer in meiner männlichen Selbstliebe, für die eben diese Annäherungsversuche, die Möglichkeit zu negieren schienen, von anderen Frauen umsonst zu erhalten, was diese mir für Geld anboten. Trotz der Tatsache, daß die Mädchen der Twerskaja körperlich manchmal sehr viel anziehender waren als die Frauen, die ich auf den Boulevards traf und denen ich nachlief; daß sie mich auch nicht viel teurer gekommen wären, daß die Ansteckungsgefahr bei beiden gleich groß war und daß mir, wenn ich eine Prostituierte nahm, Stunden des Herumirrens, der Suche und beleidigender Ablehnungen erspart blieben – trotz alldem ging ich nie zu Prostituierten.

Ich ging nicht zu ihnen, weil das, was ich zu finden wünschte, nicht so sehr eine durch ein mündliches Abkommen legalisierte Beziehung war, sondern ein heimlicher und perverser Kampf mit seinen Etappen und Siegen, wo der Sieger, so schien es mir, mein Ich war, mein Körper, meine Augen, die mir gehörten und nur mir allein gehören konnten, und es ging nicht um die paar Rubel, die viele Leute besitzen konnten. Und außerdem ging ich auch deswegen nicht zu Prostituierten, weil die Frau, die sich im voraus bezahlen ließ, sich aus Verpflichtung hingab – sie machte es unter Zwang, vielleicht sogar (so stellte ich es mir vor), indem sie die Zähne vor Ungeduld zusammenbiß und nur eins wollte: daß ich meine Sache so schnell wie möglich erledigte und ging, und auf Grund dieser feindseligen Ungeduld hatte ich neben mir im Bett nicht eine feurige Komplizin, sondern eine angeödete Beobachterin. Meine Sinnlichkeit war wie ein Abglanz der Gefühle, die die Frau mir gegenüber empfand.

Ich hatte noch kaum die Hälfte der kurzen Straße zurückgelegt, als ich jemand schwer atmend mit kleinen Trippelschritten hinter mir herlaufen hörte. «Uff! Ich hatte Mühe ranzukommen», sagte die abstoßende, professionell muntere Stimme. Ich drehte mich um, sah das gelbe Licht, das vom Platz herüberschien und in die Höhlung des Boulevards eindrang, und in diesem Licht eine Frau, die auf mich zulief. Ich wich aus, aber sie wendete sich mir abrupt zu, stieß gegen mich und umklammerte mich. Und sofort stieß sie mit ihrem Körper, der eng an mir klebte und mich erhitzte, gegen meinen Unterleib, ihre Lippen kamen näher, hefteten sich auf meine, öffneten sich und entließen eine feuchte, kalte, zuckende Zunge in meinen Mund. Ich hatte das Gefühl – wie es einem solchen Moment entspricht –, daß die ganze Welt zusammenstürzte und nur das kleine Stück übrigblieb, auf dem man stand, und wahrscheinlich, um nicht ins Leere geschleudert zu werden und mich aufrecht zu halten – umarmte ich sie auch. Und danach war alles schrecklich einfach.

Zunächst ein rumpelnder Fiaker, der nur voranzukommen schien, weil ich ungewollt ein kleines Stück bestirnten Himmels sah, während ich ihr mit köstlicher Grausamkeit die Lippen zerbiß. Dann das Tor und seitlich davon, an einem Mauerhaken aufgehängt, ein vergoldeter Stiefel – und das Tor ganz aus Holz, in dem eine kleine Tür sich öffnete wie bei einer Kuckucksuhr. Dann ein Flur, der abbröckelnde Putz legte die hölzernen Verstrebungen bloß, eine mit Wachstuch tapezierte Tür, auf der die Höhlungen um die tief eingeschlagenen Nägel vor Staub starrten. Dann die stickige, abgestandene Luft eines Verschlags, eine Petroleumlampe, und darüber an der schwarzen Decke ein lichtdurchfluteter Fleck, wie Sonne durch ein Vergrößerungsglas. Und eine aus bunten Stücken zusammengesetzte Pikee-Decke, feucht und schwer, wie mit Sand vollgestopft und schlaff nach den Seiten fallend; ein Frauenbusen mit einer braunen, von kleinen weißen Punkten umgebenen Zitze. Und endlich ein Stillstand und ein Schlußpunkt und die Gewißheit (wie oft schon empfunden und immer auf dieselbe Art), daß die Reize eines Frauenkörpers wie Küchengerüche sind – erregend, wenn man Hunger hat, und abstoßend, wenn man gesättigt ist.

Als ich ging, wurde es schon hell. Der Kamin des anliegenden Hauses entließ eine transparente Hitze, in der ein Stück Himmel zitterte. Die Straßen waren leer, klar und ohne Sonne. Man hörte keine Straßenbahnen. Allein der Straßenhüter des Boulevards, mit seinem Schülergürtel – wo er doch einen weißen Bart hatte – und seiner Mütze mit grünem Band fegte die Straße. Er wirbelte eine dichte Staubwolke auf, die sich gleich wieder setzte, kam langsam auf mich zu wie ein Kompaß, er selbst der feste Teil – und sein Besen auf einem langen Stiel zog Halbkreise zwischen den Rasenstücken. Die Borsten hinterließen auf dem Sand eine unendliche Folge von Kratzern.

Ich ging, und ich fühlte mich so wunderbar gut, so rein, als hätte man mich innerlich gewaschen. Am rötlichen Turm des Klosters zeigten die vergoldeten Zeiger auf dem traurigen schwarzen Zifferblatt ein Viertel nach fünf weniger eine Minute. Ich überquerte den Platz, und als ich in den feuchten Schatten des Boulevards trat, zeigten ähnliche vergoldete Zeiger auf einem ähnlichen Zifferblatt auf der anderen Turmseite exakt ein Viertel nach fünf. Und sogleich hörte man feine, helle Klänge, die so zerstreut waren, daß sie an ein Huhn erinnerten, das auf einer Harfe spazierenging.

Sieben Stunden später sollte ich Sonja treffen, und ich fühlte die Freude und die Ungeduld, sie wiederzusehen, mit so frischer Kraft, und war so ausgeruht, daß ich wußte, ich würde nicht einschlafen können. «Es ist Verrat», sagte ich mir, als ich mich an die Nacht erinnerte, aber so aufrichtig und nachdrücklich ich auch versuchte, dieses perfide Wort irgendwo an den Gefühlen festzumachen, die ich empfand, versuchte es mir aufzuzwingen – es blieb entschieden nicht hängen, es löste sich wieder, entglitt und entfernte sich von mir. Doch wenn es kein Verrat war, was war es dann? Wenn das, was ich getan hatte, kein Verrat war, so bedeutete das, daß mein geistiges Wesen für meine sinnliche Natur keineswegs verantwortlich war, daß meine Sinnlichkeit, wie unsauber sie auch sein mochte, meine Geistigkeit nicht beflekken konnte, daß meine Sinnlichkeit allen Frauen offen war, meine Geistigkeit aber nur Sonja allein, und daß die fleischliche Seite in mir gewissermaßen von der geistigen getrennt war. Ich fühlte mehr, als daß ich wußte, daß in alldem eine Wahrheit lag – aber schon setzte sich ein peinlicher Gedanke fest, und ich konnte mich nicht von dem Bild abwenden, auf welchem Sonja, die ich an meine Stelle gesetzt hatte, etwas Ähnliches tat und auf dem ihr dasselbe passierte wie mir in dieser Nacht. Natürlich wußte und fühlte ich, daß es absolut unmöglich war, daß Sonja etwas Ähnliches hätte passieren können oder passieren würde, aber gerade das Bewußtsein der Unmöglichkeit eines derartigen Abenteuers für Sonja bedeutete mit unumstößlicher Klarheit, daß bei ihr, bei einer Frau, die Sinnlichkeit die Geistigkeit beflecken kann und sogar muß und daß die weibliche Geistigkeit für die Fehler ihrer Sinne voll verantwortlich war. Es folgte daraus, daß bei ihr, bei Sonja, bei der Frau, das Geistige und das Sinnliche verschmolzen waren, und beides, wie bei mir, als unverantwortlich und gespalten zu erkennen – das würde bedeuten, mein Leben zu zerstören.

Ich stellte mir natürlich nicht Sonja vor, sondern ein anderes junges Mädchen, eine andere Frau aus einer Familie, die meiner mehr oder minder glich, und die wie ich mit derselben äußersten und ungewöhnlichen Glut in jemanden verliebt wäre. Sie ist also auf dem Heimweg, und auf der nächtlichen Straße wird sie von irgendeinem Schnösel angehalten, sie kennt ihn nicht, sie kann nicht einmal genau erkennen, ob er jung, häßlich oder alt ist, aber jetzt packt er sie, er begrapscht und küßt sie auf ekelhafte Weise – und schon ist sie bereit, mit allem einverstanden, und geht mit zu ihm. Morgens macht sie sich davon, ohne überhaupt einen Blick darauf zu verschwenden, mit wem sie in dieser Nacht geschlafen hat, und zu Hause fühlt sie sich keinesfalls beschmutzt, sondern sie fühlt eine reine Freude in Erwartung des Mannes, in den sie verliebt ist. Ein schreckliches Wort wird dieser Frau heimlich beigelegt: Hure. Und daraus folgte etwas Seltsames. Es folgte daraus: wenn ein Mann so etwas machte, war er – ein Mann. Und wenn die Frau das tat, was der Mann tat – dann war sie eine Hure. Und es folgte weiter daraus, daß die Teilung zwischen dem Fleischlichen und dem Geistigen beim Mann ein Zeichen von Männlichkeit war, während bei der Frau die Trennung zwischen dem Geistigen und dem Sinnlichen ein Zeichen von Prostitution war.

Ich machte mich daran, den Wahrheitsgehalt dieser für mich unerwarteten Schlußfolgerung zu prüfen. Hier bin ich, Wadim Maslennikow, zukünftiger Jurist, und, wie die mich umgebende Welt versichert, ein ehrbares und nützliches Mitglied der Gesellschaft. Und dennoch – wo ich auch sein mochte, in der Straßenbahn, im Café, im Theater, im Restaurant, auf der Straße, mit einem Wort: überall, überall brauchte ich nur den Umriß einer Frau zu sehen, nicht einmal ihr Gesicht, brauchte ich nur verführt zu sein vom Hervortreten oder von der Magerkeit ihrer Hüften – und schon würde ich die Frau, wenn alles nach meinen Wünschen verlief, ohne ihr auch nur zwei Worte zu sagen, ins Bett, auf eine Bank oder in die nächste Toreinfahrt ziehen. Es ist gewiß, daß ich so handeln würde, wenn die Frauen es zuließen. Aber gerade diese Trennung in mir zwischen geistigen und sinnlichen Prinzipien, derzufolge ich kein moralisches Hindernis in der Befriedigung solcher Instinkte sah – gerade diese Trennung war der Hauptgrund, aus dem mir meine Kameraden Männlichkeit und Leichtlebigkeit zuerkannten. Wenn es in mir die völlige Verschmelzung von Fleischlichem und Sinnlichem gegeben hätte, so hätte ich mich unsterblich in jede Frau verliebt, die mich sinnlich anzog, und dann hätten sich meine Kameraden fortwährend über mich lustig gemacht, und sie hätten mich als Weib, als kleines Mädchen behandelt oder als etwas anderes, das ihre jünglingshafte Verachtung für die Weiblichkeit ausgedrückt hätte, die ich an den Tag gelegt hätte. Folglich wurde also die Trennung des Geistigen und des Sinnlichen in meinem männlichen Ich von der Umgebung als ein Zeichen von Tapferkeit und Verwegenheit angesehen.

Schön und gut, doch wenn ich mit derselben Verdoppelung nicht ein Schüler, sondern eine Schülerin, ein junges Mädchen wäre. Wenn ich als junges Mädchen, das einen Mann trifft – von dem ich manchmal nicht einmal das Gesicht gesehen hätte –, von der Muskulatur seiner Hüften beunruhigt wäre und dies gleichermaßen im Café, in der Straßenbahn, im Theater, mit einem Wort: überall, überall, und wenn ich (diese Trennung zwischen Geistigem und

Sinnlichem vorausgesetzt) in mir keinerlei Hindernis zur Befriedigung meiner Wünsche gefunden hätte, wenn ich, ohne ein Wort zu sagen, es freudig provozieren und erlauben würde, daß man mich ins Bett, auf eine Bank oder sogar in eine Toreinfahrt ziehen würde – welchen Eindruck würde dies Verhalten auf meine Freunde, meine Umgebung und selbst auf die Männer machen, die mit mir zu tun hätten? Würde ein solches Verhalten als Zeichen erotischer Freizügigkeit gesehen und kommentiert werden? Der Gedanke allein war schon lachhaft. Es kann keinen Zweifel geben, daß ich sofort von allen und öffentlich mit dem Brandmal der Infamie gezeichnet worden wäre, als eine Prostituierte, und zwar nicht als eine Prostituierte, die Opfer des Milieus und materieller Entbehrungen war – daß ließ sich entschuldigen –, sondern als eine Hure, die niedere Instinkte aus sich herausläßt und für die, anders gesagt, keine Entschuldigungen existieren und existieren können. Folglich stimmt es also und ist wahr, daß beim Mann die Trennung zwischen Geistigem und Sinnlichem ein Zeichen von Männlichkeit ist, während bei der Frau die Trennung von Geistigem und Sinnlichem ein Zeichen der Prostitution ist. Und es müßten sich nur alle Frauen gemeinsam vermännlichen, und die Welt, die ganze Welt, würde sich in ein Bordell verwandeln.

VII

Für einen verliebten Mann sind alle Frauen nichts als Frauen, mit Ausnahme derjenigen, die er liebt – sie ist für ihn ein menschliches Wesen. Für eine verliebte Frau sind alle Männer nichts als menschliche Wesen, mit Ausnahme desjenigen, den sie liebt; für sie ist das ein Mann. Das war die traurige Wahrheit, die sich während meiner Beziehungen zu Sonja immer mehr aufdrängte. Doch weder an diesem Tag noch im Laufe unserer folgenden Begegnungen ließ ich sie an meinen Gedanken teilhaben.

Wenn ich, bevor ich Sonja kennengelernt hatte, meine wirklichen Eindrücke den Leuten, die ich traf, nicht mitteilen konnte, ohne den Anstrich von heldenhafter Großartigkeit zu verwischen, den ich in ihren Augen um jeden Preis behalten wollte, so konnte ich bei Sonja nicht aufrichtig sein, ohne das Bild des verträumten Jungen zu zerstören, das sie von mir haben wollte.

Unmöglich, meine wahren Gefühle den Kameraden mitzuteilen, vor denen ich unbedingt als verwegener Bursche gelten wollte. Ich begriff, daß die Angebereien aus einer lustbetonten und oberflächlichen Sicht der Welt kamen. Ich mußte meine Eindrücke also nur in einer tieferen, überdachteren Art darbieten, und die Taten, derer ich mich rühmte, wurden sofort abstoßend, grausam und absolut nicht zu rechtfertigen.

Sonja war die erste Person, vor der ich nicht das Gewicht dieser Leichtigkeit und dieser Munterkeit auf Kommando tragen mußte. Für sie war ich einfach ein zarter, verträumter Junge. Seit meiner ersten Anwandlung von Offenheit ihr gegenüber spürte ich mit Entsetzen, daß ich nicht aufrichtig sein durfte, daß ich nicht das Recht dazu hatte und daß ich es nicht konnte. Einerseits konnte ich mit Sonja nicht aufrichtig sein, weil es mir, dem verträumten Jungen, nicht möglich war, ihr von Zinotschka zu erzählen, die ich angesteckt hatte, von meiner Beziehung zu meiner Mutter, die ich verjagt hatte aus Angst, Sonja könnte sie sehen, und auch nicht von dem Geld, mit dem ich die luxuriöse Kutsche oder das Eis, das sie aß, bezahlte und das meiner alten Amme gehörte. Und noch in einer anderen Hinsicht konnte ich Sonja gegenüber nicht aufrichtig sein, denn selbst die Versuche, ihr diejenigen meiner Taten zu erzählen, die nur die guten und vornehmen Seiten meiner Natur zeigten, hielten nicht stand: erstens gab es in meinem Leben gar keine guten Handlungen; und zweitens, wenn ich diese guten Handlungen einfach erfunden hätte, so hätte es mir überhaupt keinen Spaß gemacht, sie zu erzählen; und schließlich, und das war das Wesentliche, solche Erzählungen meiner guten Taten (eigenartig, aber ich empfand es so) hätten gar nichts zu dieser geistigen Annäherung an Sonja beigetragen, die ja gerade der Hauptgrund meines Wunsches nach Freimütigkeit war. All das quälte mich, nicht weil es mich zur geistigen Einsamkeit verurteilte – ich war zu sehr an sie gewöhnt, als daß sie mir schwerfiel –, sondern wegen der Dürftigkeit unserer Unterhaltungen, welche zu unserer Annäherung und zur Entwicklung unserer Gefühle hätten beitragen können. Ich begriff, daß die Liebe immer wachsen und sich immer bewegen muß und daß sie zu diesem Fortschreiten Anreize braucht, vergleichbar einer Kinderwiege, die sofort langsamer wird und stehenbleibt, wenn der Anstoß wegfällt, der sie in Bewegung gesetzt hat. Ich begriff, daß die Liebenden glücklich sind, die sich auf Grund feindlicher Personen und unglücklicher Umstände nicht oft und nicht lange sehen können. Ich beneidete sie, denn ich begriff, daß ihre Liebe wuchs dank der

Hindernisse, die sich zwischen ihnen erhoben. Ich sah Sonja jeden Tag, blieb Stunden bei ihr und versuchte, sie, so gut ich konnte, zu zerstreuen, aber die Worte, die ich aussprach, trugen weder zur Entwicklung unserer Gefühle noch zu unserer geistigen Annäherung etwas bei: meine Worte füllten die Zeit, aber sie machten nichts daraus. Es ergaben sich leere Momente, die besonders beschwerlich auf uns lasteten, wenn wir beide uns ganz allein auf eine Bank setzten und ich, von der ungewollten Furcht getrieben, Sonja könnte meine traurigen Anstrengungen bemerken oder erspüren, die immer häufigere Abwesenheit von Worten mit Küssen ausfüllte. So geschah es, daß die Küsse die Worte ersetzten und die Aufgabe unserer Annäherung übernahmen, genauso wie die Worte es getan hätten, und sie wurden entsprechend unserer Intimität immer offenherziger. Doch wenn ich Sonja küßte, empfand ich allein aus dem Bewußtsein, daß sie mich liebte, eine zu zärtliche Bewunderung, eine zu tiefe Erregung der Seele, um Begierde zu empfinden. Ich konnte nicht umhin, meine verflossenen Beziehungen zu Frauen von der Straße mit der gegenwärtigen, die mich an Sonja band, zu vergleichen: während ich früher nur Sinnlichkeit empfand und, um der Frau zu gefallen, vorgab, verliebt zu sein, so empfand ich jetzt nur Liebe und täuschte Sinnlichkeit vor, um Sonja zu gefallen. Aber als endlich selbst in unseren Küssen diese Möglichkeit der Annäherung erschöpft war und alles mich an die letzte zulässige Grenze, die Vereinigung der Körper, trieb, deren Überschreitung (so schien es mir) die höchste geistige Intimität ankündigte, die dem Menschen auf Erden geboten wird – da rang ich mich dazu durch, Jag darum zu bitten, mir für einige Stunden sein Zimmer zu überlassen, damit ich dort Sonja treffen und mit ihr zusammensein könnte.

Als ich Sonja in dieser Nacht nach Hause begleitet hatte, erklärte ich ihr, schon nahe am Haustor, daß wir am nächsten Tag bei Jag sein und später allein dort bleiben würden, daß «nichts Böses dabei sei» und Jag ein braver Kerl, der beste und ergebenste meiner Freunde – in dieser Nacht, da Sonja als Erwiderung auf meine Versicherungen nur ihr «oh-oh-oh» von sich gab und ihr Fuchsschnäuzchen mit den Chinesenaugen zog – in dieser Nacht war ich, als ich nach Hause kam, von Glück erfüllt, nicht von der Aussicht auf die körperlichen Freuden, die mich am nächsten Tag erwarteten, sondern in Anbetracht dieser endgültigen geistigen Besitznahme Sonjas, die aus unserer physischen Intimität resultieren mußte.

VIII

Über eine weiße, helle, sehr breite Treppe, die im Halbkreis anstieg, mit einer Glaskuppel an Stelle des Daches, führte Jag uns, in der Stille einer geschäftlichen Atmosphäre, die mich beeindruckte, durch einen Musiksalon, in dem die Sessel, das Piano und die Kronleuchter mit weißen Tüchern überzogen waren, in sein Zimmer. Draußen war es noch hell, aber in Jags Zimmer, das nicht der untergehenden Sonne ausgesetzt war, herrschte schon dämmeriges Abendlicht, und durch die offene Tür zum Balkon sah man die bauchigen Pfeiler der Balustrade, deren Umrisse von orangefarbenem Widerschein betont waren.

«Nein», sagte Sonja, als Jag hinter einen Sessel eilte, der mit himbeerfarbenem, an den Kanten schwarz abgeschabtem Samt bezogen war, und mit einer solchen Entschlossenheit die Rückenlehne packte, als sei er willens, den Sessel mit Gewalt unter Sonja zu schieben, «nein», sagte sie, «gehen wir dahin, da ist es wundervoll.» Und sie wies mit dem Kopf in Richtung Balkon. «Es ist doch möglich, nicht wahr?» fragte sie, während Jag schon dabei war, ein Tischchen auf den Balkon zu ziehen mit Spitzendeckchen, trockenem Kuchen, einem grünen Likör in einem Kristallflacon und kleinen, roten, auf dem Kopf stehenden Gläsern, die Türkenfezen ähnelten. «Aber ja doch, Sophia Petrowna.» Jag drehte sich zu ihr um, während er noch das Tischchen hielt, und er setzte es sogar ab, um die Arme auszubreiten.

Auf dem Balkon blieb die untergehende Sonne, gewölbt wie das Dotter eines rohen Eis, vollkommen sichtbar, obgleich sie das Dach schon berührte und es nach und nach zu verbrennen schien – und sie färbte die Gesichter pfingstrosenrot.

«Erlauben Sie mir, Sie zu bedienen, Sophia Petrowna, der kleine Likör ist vorzüglich», sagte Jag, nachdem er uns hatte Platz nehmen lassen; er füllte die kleinen roten Gläser, stützte dabei den Ellbogen mit der anderen Hand und machte einen gewaltigen Lärm auf dem gewölbten Weißblech, das den Balkonboden bedeckte. «Ich kann sagen, daß ich nicht einmal wußte, daß Sie sich sehen, Wadim und Sie, dabei seid ihr aber schon Freunde geworden, wie mir scheint. Probieren Sie doch, ich bitte Sie.» Und nachdem er von Sonja mit dem Kopf ein Dankeszeichen erhalten hatte, setzte er sich auf die Stuhlkante, stellte die Karaffe auf seine Knie und hielt sie am Flaschenhals fest – ganz wie ein Geigenspieler, der sich erholt.

Sonja, das rote Glas nah an ihrem roten Gesicht, lächelte mit gesenktem Blick, als wollte sie ihn ermutigen. «Los, mach, sag noch etwas.»

«Ich will sagen, Sophia Petrowna», sagte Jag, der ihr Lächeln sah, «in jener Nacht haben Sie uns, um es taktvoll auszudrücken, im Handumdrehen vor die Tür gesetzt, und wir hatten es auch verdient. Aber ich ... ich hätte nicht einmal mehr gewagt, Sie zu grüßen. Doch jetzt plötzlich – was für eine Affäre ...»

«Was für eine Affäre?» fragte Sonja, und sie lächelte in ihr Glas.

«Na ja, eben diese», und Jag machte die Geste, etwas abzuwägen und es von seiner flachen Hand hochspringen zu lassen. «Mit einem Wort, ich weiß überhaupt nicht, wie Wadim das bewerkstelligt hat. Hat er Sie angerufen, hat er Ihnen einen Brief geschrieben? Ich hätte das nach der Nacht nicht gewagt!»

Mit dem Glas an den Lippen machte Sonja, während sie

noch schluckte, ein «Hm» des Protestes und mit der Hand eine Geste, als erwürgte sie sich, dann beugte sie sich, ohne das Glas von den Lippen zu nehmen, über den Tisch, um es abzusetzen. «Aber nichts dergleichen», sagte sie lachend mit noch feuchten Lippen. «Wo habt ihr das alles her? Ich hab ihm einfach am nächsten Tag ein paar Zeilen und Blumen geschickt.»

«Blumen?» fragte Jag.

«Ja, ja», stimmte Sonja zu.

«Ihm?» fragte Jag, indem er den Daumen aus seiner Faust befreite und mit ihm heftig in meine Richtung zeigte.

«Ihm?» machte Sonja ihn nach und sah über Jag hinweg direkt in meine Augen. Ihr durchbohrender Blick in einem lächelnden Gesicht (so schaut man, wenn man Kindern aus Spaß angst macht) schien mir sagen zu wollen: «Die Liebe war's, die mich damals gezwungen hat zu tun, was ich jetzt erzähle; die Liebe ist's, die mich jetzt zwingt zu erzählen, was ich damals tat.»

Jag schwieg einige Zeit und betrachtete abwechselnd mich (ich antwortete ihm mit einem dummen, glücklichen Lächeln) und Sonja. Aber allmählich nahmen seine bei Sonjas Geständnis zunächst aufgesperrten Augen als Folge einer inneren Anstrengung einen abwesenden Ausdruck an, und sie wurden listig.

«Indes, Sophia Petrowna, erlauben Sie», sagte er und griff sein Glas, nahm einen Schluck Likör und machte eine Bewegung des Ausspülens, als handelte es sich um Mundwasser, das er wieder ausspucken wollte, «erlauben Sie. Sie haben gesagt, Blumen, ein paar Zeilen, all das. Ja, aber die Adresse, die Adresse, wie? Oder wußten sie sie etwa schon vorher? Nein?» fragte er noch einmal und deutete Sonjas Lächeln mit fragender Unsicherheit. «Aber in diesem Fall, wie, wie nur?»

«Das ist sehr einfach», sagte Sonja, «hören Sie mich also.

Ich wußte absolut nichts von Ihnen, auch nicht von Wadim, nicht ein Sterbenswörtchen. Hier also, wie ich alles aufgeklärt habe: Am Morgen danach habe ich sehr früh Nelly kommen lassen, ich habe ihr den Kopf gewaschen und sie gewarnt, wenn ein solcher Skandal noch einmal vorkäme, nur ein einziges Mal noch, würde ich sie sofort hinauswerfen. Wie kann man nur – aber es ist undenkbar! – mit zu sich nehmen, und wann? Nachts! – und wohin? in meine Wohnung! – und wen? Fremde Männer! Oh! Oh! Was denkt ihr euch dabei? Nein, was denkt ihr euch bloß dabei? Wer verbürgt sich, daß es keine Strolche sind? Aber was sage ich, es ist sogar sicher, daß es Strolche sind. Und wieso zweifelt ihr daran? Kennt ihr sie? Und was wißt ihr von ihnen?»

«Indes, Sophia Petrowna, erlauben Sie», unterbrach Jag sie, «aber diese Nastiu ... Nelly, kannte weder die Namen noch die Adressen.»

«Das stimmt», bestätigte Sonja. «Dafür wußte sie aber, daß der eine von euch, der den Studentenrock trug, Wadim hieß, und der in Zivil Jag. Und weiter, im letzten Jahr, als sie bei Mür arbeitete, sah sie euch beide oft, und ihr beide trugt eine bizarre Uniform, wie sie es ausdrückte: dem Studentenrock sehr ähnlich, außer das die Knöpfe nicht vergoldet, sondern versilbert waren und ohne Adler. Nelly wußte nicht mehr über euch, aber das genügte. Zunächst wußte ich, daß der, der mich interessierte, Wadim hieß, und zweitens war mir die Schuluniform bekannt, die bis auf die Knöpfe so sehr einer Studentenuniform ähnelt: der kleine Sohn meiner Cousine geht auf die Schule. Drittens war klar, wenn jemand im letzten Winter noch die Schuluniform trug und jetzt im Sommer den Studentenrock zur Schau stellt, so muß er im Frühling die Schule beendet haben. Die Adresse der Schule habe ich im Telefonbuch gefunden, und ich habe mich hinfahren lassen. Nur der Hausmeister war da, aber nachdem wir kurz unsere Beziehungen geklärt hatten, gab er mir die Liste der Schüler, die im Frühjahr die Schule beendet hatten. Und ich hatte Glück: Unter den achtzehn, die bestanden hatten, war nur ein einziger Wadim. So habe ich seinen Namen erfahren, und der Hausmeister hat mir sofort seine Adresse herausgesucht.»

«W-w-wunderbar», rief Jag mit Bewunderung. Doch wie um ihn von der Notwendigkeit einer wie auch immer gearteten Belobigung zu befreien, führte Sonja ihr Handgelenk ans Ohr, lauschte und warf einen Blick auf die Armbanduhr. Jag nutzte die Tatsache, daß sie beschäftigt war, und sein Blick übermittelte mir das Alarmsignal.

«Gut, ich werde gleich gehen.»

Es war schon dunkel, und Wind war aufgekommen, als Jag sich zurückzog. An der Straßenecke stieg bogenförmig Staub auf, und als er wie ein kleines Unwetter niederging, rollte er ein Stück Tischdecke ein, machte, daß man die Augen mit einer Grimasse schloß, wehte weiter und verschwand, die Zähne knirschten wie auf Zucker, und von oben, als käme es vom Dach, flatterte ein Herbstblatt wie ein bananenfarbener Schmetterling und fiel, fiel in der besänftigten Luft und schlug endlich, genau oberhalb des Tisches, langsame Purzelbäume und fiel in ein rotes Glas, wobei es eine Gänsefeder in einer Sanduhr imitierte.

Plötzlich bedauerte ich, daß Jag gegangen war. Es war, als hätte man die Überraschung eines anderen angesichts meines Glücks von diesem Balkon entfernt, die so angenehm für mich war, als wäre mein Glück ein neuer Anzug, der einen Teil seiner Annehmlichkeiten verliert, wenn man ihn nicht öffentlich tragen kann. Sonja stand auf, kam über den Balkon und setzte sich zu mir. «Hu, der Böse», sagte sie und zog ein verdrießliches und schelmisches Schnäuzchen, wobei die Verdrießlichkeit mich darstellte und das Schelmische – ihre Haltung meiner Verdrießlichkeit gegenüber. Und ängstlich wie ein Kind, das einen Hund neckt, fuhr sie mit ausgestrecktem Zeigefinger von oben nach unten über meine Lippen, die ein so lustig klingendes Babbern erzeugten, daß ich gleich in ein Lachen ausbrach. «Na ja, so werde ich in Zukunft immer deine Gefühle herausfinden», sagte Sonja, «je nachdem, ob du lachst oder böse meine Hand wegstößt.»

Unterdessen wurde es schnell Nacht, und der stärker werdende Wind säte Unruhe. Dort hinten oberhalb des Hausdaches, wo die Sonne untergegangen war, sah man einen winzigen mandarinenfarbenen Streifen. Ein bißchen höher aber war es schon dunkel, und die Wolken flogen wie Fluten ins Wasser gegossener Tinte so schnell im Wind, daß, als ich den Kopf in den Nacken legte, der Balkon sich mit dem Haus lautlos vorwärts zu bewegen schien und die ganze Stadt zu zermalmen drohte. Hinter der Straßenbiegung rauschten die Bäume wie das Meer; dann, im Augenblick der höchsten Spannung dieses feuchten Geräusches, zerbrach irgend etwas, zweifellos in den Zweigen, scharf, und gleich darauf zersplitterte irgendwo ganz in der Nähe eine Scheibe, und in der Stille, die für einen Augenblick eintrat, zerplatzte das Fensterglas auf der Straße.

«Puah», sagte Sonja, «es ist abscheulich hier. Laß uns gehen.» Nach dem Aufenthalt auf dem Balkon war es in Jags Zimmer so still und drückend, als hätte man die Heizung angestellt. Durch die Balkontür sah man, aus der Dunkelheit hervortretend, das weiße Tischtuch sich bewegen wie ein Abschieds-Taschentuch auf dem Bahnhof. Ich hielt Sonja am Arm und suchte über die trockene, raschelnde Tapete tastend nach dem Schalter, aber Sonjas Hand hielt mich sanft zurück. Dann umarmte ich Sonja, drückte sie an mich und bewegte mich auf eine Säule zu, die im Dunkeln weißlich und flach aussah, und hinter der, wie mir schien, ein Kanapee stand; ich führte Sonja, den Rücken voran, und ich trat ihr dabei ungeschickt auf die Zehenspitzen.

Aber während ich mich in der Dunkelheit, Sonja an mich gepreßt, vorwärts bewegte und vergeblich versuchte, eine männliche, tierische Verbissenheit in mir zu erwecken, die ich auf der Stelle und in derselben Minute doch so dringlich benötigte – sah ich verzweifelt und mit schrecklicher Klarheit schon meine Schande voraus, denn selbst jetzt, hier in Jags Zimmer, in diesen entscheidenden Minuten, machten mich Sonjas Küsse und ihre Nähe zu zärtlich, zu empfindsam, um sinnlich zu sein. Was tun, was soll ich bloß tun, was soll ich bloß tun, dachte ich verzweifelt, denn mir war bewußt, daß Sonja eine Frau war, die man spontan und auf der Stelle nehmen mußte, und daß man es genau auf diese Art machen mußte, nicht weil sie Widerstand bieten könnte, sondern, wenn ich in diesem vermaledeiten Moment meine Sinnlichkeit mit einem langen Vorspiel und unsauberem Belasten zu erwecken gewagt hätte – so hätte ich zwar mein männliches Selbstgefühl dabei gerettet, aber ein für allemal die Schönheit unserer Verbindung zerstört. Inzwischen waren wir schon ganz nah an der Säule. Was jetzt tun, was soll ich tun, wiederholte ich mir, und ich dachte verzweifelt, daß eine solche Schande sich augenblicklich ereignen würde, eine solche Schande, daß man danach nicht mehr würde leben können, während ich mir gleichzeitig darüber Rechenschaft ablegte, daß gerade die Furcht vor dieser Schande mir die letzte Chance raubte, die tierhafte Seite in mir zu erregen und jener Schmach zu entgehen. Und erst in letzter Sekunde – als wir wie in einen schwarzen Abgrund auf das Kanapee stürzten, das mit seinen Sprungfedern vulgär unter uns quietschte – fiel mir ein Ausweg ein, den ich im Theater gesehen hatte: ich fing an, laut zu röcheln, versuchte, mir meinen eng sitzenden Kragen abzureißen und stöhnte: «Sonja. Es geht mir schlecht. Wasser.»

IX

Moskau, September 1916

Mein lieber, mein geliebter Wadim!

Es ist hart für mich, daran zu denken, und das Herz ist mir schwer, aber es ist dennoch der letzte Brief, den ich an Dich schicke. Seit jenem Abend (Du weißt, von welchem ich spreche) ist unsere Beziehung sehr schwierig geworden. Beziehungen dieser Art, wenn sie einmal bestehen, können nicht rückgängig gemacht werden und wieder das werden, was sie einmal waren; es ist schlimmer als das: je länger sie anhalten, je nachhaltiger beide Teile darauf dringen, die alte Intimität vorzutäuschen, um so stärker wird die grauenhafte Feindseligkeit spürbar, die sich zwischen Menschen einstellt, die einander sehr nahe waren. In dieser Art von Beziehungen brauchte nur einer dem anderen die Wahrheit zu sagen, die ganze Wahrheit, Du begreifst, eine totale Wahrheit – und sofort würde diese Wahrheit zu einer Anklage.

Mit vollkommener Aufrichtigkeit seine Abscheu vor dieser Liebeslüge auszudrücken, heißt das nicht, entweder den anderen zwingen, sie stillschweigend anzuerkennen, und dann ist alles vorbei, oder aus Furcht vor diesem Ende doppelt belügen, sich und denjenigen, von dem diese Wahrheit ausgesprochen wurde? Eben wegen dieser Wahrheit schreibe ich Dir, und ich bitte Dich, ich flehe Dich an, mein Liebling, lüge nicht, laß diesen Brief ohne Antwort, sei aufrichtig zu mir, und sei es auch nur durch Dein Schweigen.

Zunächst, was Deine angebliche Ohnmacht bei Jag angeht. (Es kommt mir in den Sinn, daß Ohnmacht etwas mit Vormachen zu tun hat.) Damit hat in Wirklichkeit alles angefangen – genauer, es hat angefangen, weil ich nicht an dies Unwohlsein geglaubt habe, das mir sofort wie eine Art und Weise vorkam, um aus einer Situation herauszukommen, die unangenehm war für Deine Selbstliebe, aber äußerst beleidigend für meine Liebe. Ich möchte nebenbei bemerken, daß diese Erklärung meine erste Vermutung – Du könntest vielleicht krank sein – sehr wohl einschließen konnte – eine Annahme, die ich sogleich als unpassend verwarf (als nicht unmöglich, aber irrig).

Du weißt, ich habe Dich an diesem Abend gepflegt, wie ich konnte, habe Dir mal Wasser, mal ein feuchtes Tuch gebracht. Ich war zärtlich zu Dir, aber all das war nur noch Lüge. Ich sprach schon in der dritten Person mit Dir, in meinen Gedanken warst Du schon «er» geworden, ich wandte mich nicht mehr direkt an Dich, es war, als spräche ich mit jemand anderem von Dir, mit jemand, der mir nähergekommen war als Du, und dieser jemand war meine Vernunft. Auf diese Weise bin ich Dir fremd geworden. Aber da, in der Nacht, log ich, ich habe Dir nicht die Wahrheit gesagt, ich konnte Dir die Wahrheit nicht sagen, die ich jetzt schreibe: ich war beleidigt worden. Wenn man einen anderen beleidigt, so kann die Beleidigung von zweierlei Art sein: vorsätzlich oder unbeabsichtigt. Die erste ist nicht weiter schlimm: man antwortet mit einem Wortwechsel, einer Beleidigung, einer Ohrfeige, einem Revolverschuß, wie grob die Antwort auch sei, sie hilft immer – die wissentlich beigebrachte Beleidigung läßt sich so leicht abwaschen wie Schmutz in einer Badewanne. Schrecklich dagegen ist die Beleidigung, die man zufügt, ohne es zu wollen, ohne im geringsten darauf aus zu sein: sie ist schrecklich, denn wenn du mit einem Disput, einer anderen Beleidigung oder einfach mit einer verletzten Miene auf sie reagierst, so schwächst du sie nicht ab, sondern im Gegenteil, du beleidigst dich selbst bis zur Unerträglichkeit. Die unbewußt beigebrachte Beleidigung hat die Besonderheit, daß man ihr nicht nur nicht antworten kann, sondern daß man im Gegenteil sogar mit aller Macht so tun muß (oh, wie schwer das ist!), als hätte man nichts bemerkt. Deshalb habe ich Dir nichts gesagt, und deshalb habe ich den ganzen Abend gelogen.

Tausendmal habe ich mir die Frage gestellt, und ich konnte, nein, ich wollte keine Antwort finden. Tausendmal habe ich mir die Frage gestellt – was ist passiert –, und tausendmal habe ich dieselbe Antwort bekommen: Er hat dich nicht gewollt. Ich beugte mich vor der Offenkundigkeit dieser Antwort, vor der Tatsache, daß sie die einzige war – und doch begriff ich nicht. Gut, sagte ich mir, er wollte dich nicht, aber in diesem Fall, warum hat er all das unternommen? Warum hat er unser Treffen bei Jag organisiert, warum hat er in einer Art und Weise gehandelt, daß seine Haltung und seine Handlungen ihn zwangen, mich zu nehmen, und doch hat er es nicht getan. Warum? Es gab nur eine Antwort: wahrscheinlich weil sein bewußter Wille mich begehrte, während sein Körper gegen seinen Willen, und diesem entgegenarbeitend, sich mit Abscheu von mir abgewandt hat. Wenn ich daran dachte, empfand ich genau das, was ein Pestkranker empfinden muß, dem ein christlicher Bruder die Lippen küßt und der diesen christlichen Bruder gleich nach diesem Kuß sich übergeben sieht. In Deinen Handlungen, Wadim, stellte ich genau dasselbe fest: einerseits der Elan Deines bewußten Willens, der Dich vollkommen rechtfertigte, und andererseits die Ablehnung Deines angeekelten Körpers, die mich besonders beleidigte. Klage mich nicht an, Wadim, und begreife, daß alle vernunftgesteuerten Überlegungen, die zur Inbesitznahme einer Frau führen sollen, für sie tief beleidigend sind, unabhängig davon, ob sie von wohlmeinenden und also hoch spirituellen oder von schmutzigen, geschäftlichen Gedanken diktiert werden. Ja. Eine Unvernunft, die vernünftig begangen wurde, ist eine Niederträchtigkeit.

Mein Ehemann sollte am nächsten Tag heimkommen. Du weißt – ich habe Dir davon erzählt, nicht wahr –, welcherart die Qualen waren, die mich erwarteten, ich würde ihm alles sagen, was inzwischen vorgefallen war, aufrichtig und freundschaftlich. Aber ich habe es nicht getan. Nach dieser Nacht glaubte ich mich nicht im Recht, es zu tun. Mehr noch, ich hatte für ihn eine Art neuer, dankbarer Zärtlichkeit gespürt, die uns einander näherbrachte. Ja, Wadim, so ist es, und Du mußt, Du wirst es begreifen. Denn für das Herz einer pestkranken Frau ist der sinnliche Kuß eines Schwarzen wertvoller als der christliche Kuß eines Missionars, der seinen Ekel überwindet.

Dann bist Du als Gast zu uns gekommen, wie ein Fremder. Natürlich begriff ich, daß Du Dich gar nicht fremd fühltest, daß Du nur so tatest und daß Du sicher warst, für mich kein Fremder zu sein, sondern das Allernahste. Ich wußte, daß Du es dachtest, aber ich wußte auch, wie sehr Du Dich irrtest – und, weißt Du, Wadimuschka, ich habe plötzlich Mitleid mit Dir gehabt, Mitleid mit Dir wegen dieser Sicherheit, die Du an Dir hattest, du tatest mit sehr sehr leid ...

Mein Mann, dem ich Dich vorgestellt hatte und dem Du gefallen hattest – das sah man –, nahm mich beim Arm, und mit seinem üblichen Mangel an Takt zeigte er Dir unsere Wohnung. Ich muß Dir sagen, daß mein Mann nicht eifersüchtig ist. Die Abwesenheit des Eifersuchtsgefühls erklärt sich bei ihm durch ein Übermaß an Selbstsicherheit und einen Mangel an Phantasie. Dieselben Gefühle indessen, die ihn hinderten, eifersüchtig zu sein, hätten ihn zu äußerster Grausamkeit aufgestachelt, hätte er von meinem Verrat gewußt. Mein Mann zweifelt absolut nicht an sich, er und er allein stellt die Achse dar, um die sich alle anderen menschlichen Wesen drehen. Er ist nicht fähig zu fühlen, daß jedes lebende Wesen ganz bestimmt genauso denkt und daß vom Standpunkt eines jeden – er, mein Ehemann, aufhört, die Achse zu sein, um die sich alles dreht, und er seinerseits jene Kreisbahn beginnt. Mein Mann anerkennt und begreift das menschliche Ich als ein Zentrum, als den Nabel der Welt, aber er begrenzt das Dasein eines solchen Ichs auf sich selbst. Alle anderen haben kein «Ich» und können keins haben. Für ihn sind alle anderen «Du», «er» und allgemeiner «sie». Auf diese Weise begreift mein Mann, der sich als hochmenschliches «Ich» einstuft, keineswegs, daß dieses «Ich», das ihm gehört, in Wirklichkeit ein völlig animalisches Ich ist, wie es vielleicht bei einer Boa, die einen Hasen erwürgt, zulässig wäre, oder bei dem Hasen, den die Boa verschlingt. Mein Mann begreift nicht, daß der Unterschied zwischen einem tierischen Ich und einem menschlichen Ich in der Tatsache liegt, daß es für ein Tier dem Eingeständnis seiner Niederlage gleichkommt, resultierend aus der Schwäche seines Körpers und also aus seiner Nichtigkeit, ein anderes Ich als das seine anzuerkennen, während für ein menschliches Wesen das Ich eines anderen anzuerkennen einen Sieg zu feiern bedeutet, der aus der Macht seiner Seele und also aus seiner Größe kommt. So ist mein Ehemann, und es ist wirklich schade, daß die Dinge sich so wenden, daß ich bei ihm bleibe. Der Schlag, der seiner Dummheit bei der Mitteilung meines Verrats und meiner Bevorzugung eines anderen versetzt worden wäre, wäre ihm nützlich gewesen.

Als wir Dir die Wohnung zeigten, haben wir uns schließlich unserem Schlafzimmer genähert. Du erinnerst Dich, wie ich dagegen war und auf keinen Fall die Tür öffnen wollte, daß mein Mann, der böse wurde und nichts begriff, die Tür doch aufmachte und mich hineinstieß, dann Dich vorbeiließ und sagte: «Herein, herein, das ist unser Zimmer

– Sie sehen, alles ist aus Mahagoni.» Du hast einen Blick hineingeworfen, hast das ungemachte, schrecklich zerwühlte Bett gesehen, und das neun Uhr abends, und Du hast begriffen. Ich weiß, in diesem Augenblick, als Du in unserem Zimmer standest, hast Du die Eifersucht wie auch den Schmerz und die Bitterkeit einer verunglimpften und entweihten Liebe gespürt. Ich wußte, daß Du all diese Gefühle empfandest. Aber ich habe erst später erfahren, daß diese Beleidigung Deiner Liebe der Geburt Deines Begehrens entsprochen hat. Wie schade es ist, daß ich es zu spät erfuhr!

Ich habe Dich weiterhin getroffen und es vor meinem Mann verheimlicht, aber diese Treffen waren nicht das, was sie vorher waren. Jedesmal entführtest Du mich in irgendein elendes Loch, Du rissest mir und Dir die Kleider herunter, und Du nahmst mich jedesmal gröber, erbarmungsloser und zynischer. Wirf mir nicht vor, daß ich Dir erlaubt habe, es zu tun. Sag nicht, daß Du mir immerhin eine Minute der Lust verschafft hast. Ich ertrug diese Erniedrigung, wie ein Kranker sein Medikament erträgt: er glaubt, sein Leben zu retten, ich glaubte, meine Liebe zu retten. In den ersten Tagen, obgleich ich bemerkt und begriffen hatte, daß Deine Sinnlichkeit sich in dem Maße erhitzte, wie Deine Liebe kälter wurde, hoffte ich, erwartete ich noch etwas. Gestern aber, gestern habe ich gefühlt, habe ich begriffen, daß in Dir nicht einmal mehr ein Begehren war, daß Du gesättigt warst, daß ich überflüssig war und daß es nicht weitergehen durfte. Du erinnerst Dich, gestern, nachdem wir in den allerschmutzigsten Verschlag des Hotels hinaufgestiegen waren, hast Du mich nicht einmal geküßt oder umarmt oder auch nur ein freundliches Wort gesagt: wortlos, mit der Ruhe eines Beamten bei seiner Arbeit, hast Du angefangen, Dich zu entkleiden. Ich sah Dich an, ich sah, wie Du –

entschuldige bitte – in nicht sehr sauberer Unterwäsche vor mir standest und sorgfältig Deine Hose zusammenlegtest, wie Du danach zum Waschbecken gegangen bist, ein Handtuch abgenommen und es vorsorglich unter das Kopfkissen gelegt hast, und wie Du Dich danach abgewischt hast, ohne Dich zu genieren oder auch nur abzuwenden, und nachdem Du mir geraten hast, dasselbe zu tun, hast Du mir den Rükken zugewandt und eine Zigarette geraucht. Und jetzt frage ich mich, ist das die Liebe, für die ich bereit bin, alles aufzugeben und mein Leben zu zerstören? Nein, Wadim, nein, mein Liebling, das ist keine Liebe, das ist Schmutz, trübe und gemein. Diesen Schmutz gibt es in meinem Haus in solchem Überfluß, daß ich keine Notwendigkeit sehe, ihn aus meinem ehelichen Schlafzimmer, «wo alles aus Mahagoni ist», in das verschimmelte Zimmer einer Absteige zu transportieren. Und auch wenn es Dir grausam vorkommt, so will ich Dir noch sagen, daß ich in der Wahl zwischen Dir und meinem Ehemann jetzt nicht nur der Umgebung, sondern auch der Person den Vorzug gebe. Ja, Wadim, bei der Wahl zwischen Dir und meinem Ehemann, von aller Umgebung abgesehen, ziehe ich meinen Mann vor. Begreif es. Die Erotik meines Mannes ist das Ergebnis einer geistigen Unbedarftheit, die bei ihm grundlegend ist, also nicht beleidigend. Was Deine Haltung mir gegenüber angeht – es ist eine Art unaufhörlichen Sturzes, eine Art beschleunigter Verarmung der Gefühle, die mich um so schmerzlicher erniedrigt, je größer ihr Reichtum in der Vergangenheit war.

Adieu, Wadim. Adieu, mein geliebter, mein lieber Junge. Adieu, mein Trugbild, mein Märchen, mein Traum. Glaub mir, Du bist jung, Dein ganzes Leben liegt vor Dir, Du wirst noch glücklich werden. Adieu also.

Sonja

KOKAIN

I

Man konnte sich nicht mehr auf der dunkelgrauen Fensterbank aus geädertem, marmorähnlichem Stein ausstrecken, an deren eingekerbter Kante sich Messer schleifen ließen. Man konnte nicht mehr auf der Fensterbank liegen und den Hals nach dem langen, engen Hof und seinem asphaltierten Durchgang recken – mit dem großen Holztor und dem Türchen darin, das, als wäre es schwer vor Müdigkeit, auf einer verrosteten Angel zur Seite hing; die Mieter stolperten immer über die untere Querverstrebung und drehten sich hinterher mit beleidigtem Blick um. Es war Winter, das Fenster war mit appetitlich cremefarbenem Kitt abgedichtet; der Zwischenraum des Doppelfensters war mit bauschiger Watte ausgelegt worden, und zwei schmale, hohe Gläser mit einer gelben Flüssigkeit waren dort abgestellt – und wenn man wie im Sommer aus Gewohnheit ans Fenster trat, blies von unten eine trockene Hitze hoch, und man spürte die Verlassenheit der Straße besonders stark, die (je nach der Stimmung des Augenblicks) ein behagliches oder ein trübsinniges Gefühl hervorrief. Man sah jetzt aus meinem kleinen Zimmer nur die Nachbarmauer mit grauen Ausläufern von Kalk, die auf den Ziegeln erstarrt waren, und unten die eingezäunte Fläche, die unser Türhüter Matwei großspurig den «Herrengarten» nannte, wenn auch ein Blick auf diesen Garten und seinen Herren genügte, um zu begreifen, daß der besondere Respekt, mit dem Matwei davon sprach, nur eine Art und Weise war, mittels der Großartigkeit der Personen, denen er unterstellt war, seine eigene Würde zu erhöhen.

Im Laufe der letzten Monate war besonders oft Trübseligkeit aufgekommen. Ich blieb dann lange am Fenster stehen, zwischen den Fingern eine Zigarette, die aus ihrem einen, mandarinenfarbenen Ende sehr blauen und aus dem anderen, dem Pappmundstück, schmutziggrauen Rauch entließ; ich versuchte, die Steine auf der Nachbarwand zu zählen, oder ich löschte abends das Licht, womit gleichzeitig die dunkle Widerspiegelung des Zimmers auf der jetzt erhellten Scheibe verschwand, ich ging ans Fenster, hob den Kopf und betrachtete so lange den dicht fallenden Schnee, bis ich wie in einem Fahrstuhl aufzusteigen schien, dem unbeweglichen Seilwerk der Flocken entgegen. Zu anderen Zeiten noch machte ich, nachdem ich lange ziellos im Flur umhergeirrt war, die Tür auf, trat ins kalte Treppenhaus, fragte mich, wen ich anrufen könnte, und obschon ich wußte, daß ich wahrhaftig niemand zum Anrufen hatte, ging ich doch nach unten zum Telefon. Dort, in der Nähe des sogenannten Prachttores, saß der rothaarige Matwei mit seinen Stiefeln auf den Querverstrebungen eines Hockers, in seinem blauen, nach hinten gerafften und wie ein Akkordeon gefalteten Mantel, auf dem Kopf eine Mütze mit goldenem Stirnband. Als hätte er sich gerade sehr heftig gestoßen, liebkoste er seine Knie mit seinen massigen Händen, von Zeit zu Zeit legte er den Kopf nach hinten, öffnete schrecklich den Mund, in dem eine leicht zitternde Zunge sichtbar wurde, und gab gähnend ein trauriges Muhen von sich, dessen Tonart erst aufstieg, a-o-i, und dann fiel, i-a-o. Wenn er mit verschlafenen Augen voller Tränen gegähnt hatte, schüttelte er vorwurfsvoll den Kopf und rieb, wie um sich zu waschen, sein Gesicht so stark mit den Händen, als wollte er sich Energie geben. Die Hausbewohner hatten Matwei seinem Gähnen überlassen und vermieden es soweit irgend möglich, seine Dienste in Anspruch zu nehmen. Seit langen Jahren schon gab es in allen Wohnungen Klingeln, die sie mit den Telefonkabinen verbanden, und so brauchte Matwei im Falle eines Anrufs nur den entsprechenden Knopf zu drücken.

Das vereinbarte Zeichen, auf das hin ich nach unten lief und ans Telefon ging, war ein langes, beängstigendes Geklingel, welches für mich besonders in den letzten Monaten eine freudige, verwirrende Bedeutung angenommen hatte. Allerdings wurden die Anrufe immer seltener.

Jag war verliebt. Er hatte sich mit einer nicht mehr sehr jungen Frau spanischen Typs liiert, die mich, niemand weiß warum, seit der ersten Begegnung verabscheute, so daß wir uns nur noch selten sahen.

Mehrfach versuchte ich, Burkewitz zu treffen, dann ließ ich ihn entschieden fallen; ich fand keine gemeinsame Sprache mehr mit ihm, er war Revolutionär geworden: bei ihm mußte man sich entweder bürgerlich über die Sünden der anderen entrüsten oder aber die eigenen Sünden gegen das Wohlergehen des Volkes beichten. Ich war es gewohnt, meine Gefühle mit Zynismus auszudrücken oder allenfalls noch in humoristischer Form, Burkewitz aber gehörte gerade zu der Sorte Menschen, die Humor und Zynismus auf Grund ihres Ideals verurteilten – den Humor, weil sie Zynismus in ihm sehen – und den Zynismus, weil sie keinen Humor in ihm finden.

Blieb nur Stein, und von Zeit zu Zeit rief er mich an, lud mich ein, einen Augenblick bei ihm zu verbringen, und ich nahm die Einladungen immer an. Er bewohnte ein luxuriöses Haus mit Marmortreppen und erdbeerfarbenen Läufern, einem Portier von ausgeklügelter Zuvorkommenheit und einem Fahrstuhl, dessen parfürmierte Kabine sehr hoch hinausflog und dann mit einem unerwarteten und immer unangenehmen Schock hielt, bei dem das Herz für einen Moment noch weitersteigt und dann zurückfällt. Kaum hatte das Zimmermädchen mir die riesige Tür geöffnet, kaum war ich von den Gerüchen und von der Stille dieser sehr großen Wohnung ergriffen, kam Stein mir entgegengelaufen, als sei er schrecklich in Eile mit Geschäften, nahm mich am Arm und zog mich schnell in sein Zimmer.

Er ließ mich Platz nehmen, setzte sich aber selber nie und begann sofort, in den Schränken zu schnüffeln, wühlte in den Taschen seiner Anzüge, und oft lief er ins Vorzimmer, zweifellos um die Tasche seiner Mäntel und Umhänge zu inspizieren. Wenn alles hervorgeholt, alles untersucht war, breitete Stein, beruhigt, weil nichts verschwunden war, die Gegenstände seiner Suche vor mir auf dem Tisch aus. Es waren alte Theaterkarten, Einladungen, Anschlagzettel für Schauspiele, Konzerte, Bälle – mit einem Wort: faßbare Zeugnisse seiner Anwesenheit an diesem und jenem Ort – in jenem Theater, auf dieser Premiere und jenem Rang, und vor allen Dingen des Preises, den er für all das gezahlt hatte. Beim Ausbreiten der Sachen ließ Stein sich von der anwachsenden Bedeutung ihrer Preise leiten, er blinzelte, wie um eine Müdigkeit zu überwinden, matt mit den Augen, und um eine äußerst beschwerliche Pflicht anständigerweise zu erfüllen, begann er seine Erzählung.

Er setzte nie auch nur mit einem Wort auseinander, ob die Schauspieler gut oder schlecht gespielt hatten, ob das Stück interessant gewesen war oder nicht, ob das Orchester oder der Solist gut gewesen waren, er sagte auch nie, welche Gefühle das, was er gehört oder gesehen hatte, generell in ihm hervorgerufen hatte: Stein erzählte nur (und das bis ins kleinste Detail), wie das Publikum gewesen war, welche seiner Bekannten er getroffen hatte, auf welchem Rang sie gesessen hatten, mit wem die Geliebte des Börsenmaklers A in der Loge zu finden gewesen war, und wo und mit wem der Bankier B, welchen Personen er, Stein, vorgestellt worden war, wieviel an jährlichen Einkünften seine neue Bekannten gemacht hatten (Stein sagte niemals «verdient») – und es war offenkundig, daß er genau wie unser Türhüter

Matwei mit vollkommener Aufrichtigkeit glaubte, daß er entsprechend zu den Einkünften und der hohen Stellung seiner Bekannten in meinen Augen stieg. Nachdem er all dies mit trägem Stolz herausposaunt und überdies angemerkt hatte, wie schwierig es gewesen sei, eine Karte zu bekommen und was er dem Wiederverkäufer habe bezahlen müssen, beugte sich Stein endlich über mich und unterstrich mit dem gepflegten Nagel seines großen Fingers den hohen, an der Kasse bezahlten Preis. Da schwieg er dann, um mit seinem Schweigen meine Aufmerksamkeit zu mobilisieren, breitete die Arme aus, neigte den Kopf zur Schulter und lächelte mir mitleidig zu, was besagte, daß der maßlose Preis des Billets ihn, Stein, so sehr belustigte, daß er nicht einmal mehr die Kraft fand, sich darüber zu erregen.

Manchmal, wenn ich bei ihm ankam, war er auf seinen extrem langen Beinen in einem Zustand fieberhafter Hast: er rasierte sich, stürzte alle Augenblicke ins Bad, kam herausgerannt und machte sich auf diese Weise fertig, um irgendwohin zu gehen – auf einen Ball, zu einem Besuch, in ein Konzert –, und es war eigentlich verwunderlich, daß er das Bedürfnis gehabt hatte, mich anzurufen. Indem er die Sachen verstreute, die für diesen Abend nötig waren oder nicht, führte er sie mir vor – es gab Hosenträger, Socken, Taschentücher, Parfums, Krawatten –, und er wies mich im Vorbeigehen auf ihren Preis hin und auf die Örtlichkeit, wo er sie gekauft hatte.

Wenn alles fertig war und er in dem gefütterten Mantel mit Seidentuch dastand, einen spitzen Biberpelzhut auf dem Kopf, und sein rotes Gesicht wegen der Zigarre runzelte, die er sich gerade angezündet hatte und deren Rauch ihm in die Augen biß, hob er vor dem Spiegel den Kopf, betastete mit der Hand seinen rasierten, gepuderten Hals (wenn er sich im Spiegel ansah, zog Stein immer wie ein Fisch die Mundwinkel nach unten) und sagte unvermittelt: «Also gut, gehen wir.» Er wandte mit sichtlicher Schwierigkeit seinen Blick vom Spiegel ab, ging schnell zur Tür und eilte die Treppe – deren Läufer leise klickte – mit einer solchen Geschwindigkeit hinunter, daß ich alle Mühe hatte, ihm zu folgen. Ich weiß nicht warum, aber in diesem hinter ihm die Treppe Hinunterlaufen war etwas schrecklich Verletzendes, Erniedrigendes, Herabwürdigendes. Unten wartete schon ein luxuriöser Fiaker vor dem Eingangstor; Stein sagte mir auf Wiedersehen, er hielt mir, schon ohne jedes Interesse, eine weichliche Hand hin, die er gleich wieder zurückzog, drehte sich um, stieg ein und fuhr ab.

Ich erinnere mich, daß ich ihn eines Tages gebeten hatte, mir Geld zu leihen – eine Kleinigkeit, einige Rubel. Mit einer ausgewogenen Bewegung und dabei wie gegen Rauch anblinzelnd (obgleich er in diesem Moment nicht rauchte), zog Stein ohne ein Wort zu sagen, eine Geldbörse aus geäderter Seide aus seiner Seitentasche und entnahm ihr einen neuen, knisternden Hundert-Rubel-Schein. «Wird er mir etwas davon geben», dachte ich, und eigenartigerweise, obgleich ich das Geld wirklich nötig brauchte, fühlte ich mich enttäuscht, als hätte ich in diesem kurzen Moment die Gewißheit erlangt, daß die von einem Halunken demonstrierte Güte ebenso enttäuscht wie die Gemeinheit eines Mannes von hohen Idealen. Aber Stein gab nichts. «Das ist alles, was ich habe», sagte er, und er zeigte mit dem Kinn auf den Schein. «Wenn ich diese hundert Rubel klein hätte, hätte ich dir selbstredend auch zehn Rubel gegeben. Aber ich habe sie nur in einem einzigen Schein, und ich wäre nicht einverstanden, ihn zu wechseln, selbst wenn du nur zehn Kopeken brauchen würdest.» Seine kalten roten Augen, die mir wie gewöhnlich nicht in die Augen, sondern ins Gesicht sahen, schienen dort jedoch nicht gesehen zu haben, was sie hatten sehen wollen.

«Ein in Kleingeld gewechselter Hundert-Rubel-Schein

ist schon nicht mehr hundert Rubel», erklärte er, und er verlor rundheraus die Geduld mit mir und zeigte mir, ich weiß nicht warum, seine offene Hand. «Der eingewechselte Schein ist schon angebrochen und also ausgegebenes Geld.» – «Sicherlich, sicherlich», sagte ich, nickte beifällig mit dem Kopf, lächelte jovial und versuchte, mit aller Kraft meine Erniedrigung zu verbergen, denn ich fühlte, wenn ich sie sehen ließe (es war sehr, sehr wahr, was Sonja geschrieben hatte), würde ich mich noch mehr verletzen. Und Stein, mit einem Gesicht, das ebensosehr den Vorwurf, daß man an ihm gezweifelt, wie die Befriedigung, daß man ihm letztendlich doch recht gegeben hatte, ausdrückte, öffnete weit die Arme. «Meine Herren», sagte er mit Genugtuung und Vorwurf, «es ist an der Zeit. Es ist an der Zeit, endlich Europäer zu werden. Es ist an der Zeit, die Dinge zu begreifen.»

Obgleich ich ziemlich häufig zu Stein ging, hatte er sich nicht die Mühe gemacht, mich seinen Eltern vorzustellen. Es stimmt, daß ich ihm, wäre er zu mir gekommen, auch nicht meine Mutter vorgestellt hätte. Diese Ähnlichkeit unserer Haltungen hatte jedoch zwei völlig verschiedene Ursachen: Stein hätte sich meiner vor seiner Familie geschämt; ich aber hätte mich meiner Mutter geschämt. Jedesmal wenn ich von Stein wieder nach Hause kam, war ich gequält von der Bitterkeit des Armen, dessen geistige Überlegenheit zu stark ist, als daß er sich gehenließe, neidisch zu sein, und der gleichzeitig zu schwach ist, als daß er desinteressiert sein könnte.

Eigenartigerweise besitzen die widerlichsten Phänomene eine fast unüberwindliche Anziehungskraft. Stellen wir uns einen Mann beim Essen vor, und plötzlich kotzt irgendwo hinter seinem Rücken ein Hund. Der Mann kann weiter essen und diese Widerwärtigkeit nicht beachten. Er kann auch mit dem Essen aufhören und hinausgehen, ohne hinzusehen. Er kann. Aber eine Art eindringlicher Anziehung, die wie eine Versuchung ist (und welcher Art, bitte, ist diese Versuchung?), drängt ihn, drängt ihn, seinen Kopf zu wenden und einen Blick zu werfen, einen Blick auf das, was ihn vor Ekel erschaudern lassen wird, auf das, was er absolut nicht sehen will.

Diese Art Anziehung war es, die ich für Stein empfand. Jedesmal schwor ich mir bei der Rückkehr von ihm, nie wieder einen Fuß über seine Schwelle zu setzen. Aber einige Tage später rief Stein an, und von neuem ging ich zu ihm, wie um genüßlich in meinem Ekel zu rühren. Bei gelöschter Lampe in meinem Zimmer liegend, stellte ich mir oft vor, daß ich mich mit irgendeinem Geschäft befaßte, die Dinge großartig liefen, und ich jetzt meine eigene Bank eröffnete, während Stein völlig zerlumpt und elend hinter mir herläuft, meine Freundschaft sucht und mich beneidet. Solche Träume, solche Visionen waren mir angenehm, aber gleichzeitig (obgleich das seltsam und widersprüchlich klingen mag) war mir das von solchen Visionen erzeugte Lustgefühl äußerst unerquicklich.

Wie auch immer, ich sprang an diesem Abend freudig von meiner Couch, als ich das lange, wütende Klingeln hörte, das mich ans Telefon rief. Auch an diesem denkwürdigen und für mich schlimmen Abend war ich von neuem und wie früher bereit, zu Stein zu gehen, der mich einlud. Aber es war nicht Stein. Und als ich die kalte Treppe zur Telefonkabine hinabgeeilt war, in der es nach Schweiß und Puder roch, nahm ich den Hörer, der an einem gewundenen grünen Faden ganz oben nahe der Decke hing, aber das Zischen war nicht dasjenige von Stein, sondern das von Zander – einem Studenten, dessen Bekanntschaft ich vor kurzem im Sekretariat der Universität gemacht hatte. Und dieser heisere Zander bellte mir ins Ohr, daß er und ein Kamerad beschlossen hätten, diese Nacht ein Näschen zu nehmen (ich begriff nicht, bat ihn zu wiederholen, und er erklärte, es bedeute, Kokain zu schnupfen), daß sie wenig Geld hätten, daß es gut wäre, wenn ich sie aus der Affäre zöge, und daß sie mich im Café erwarteten. Ich hatte eine vage Vorstellung von Kokain, ich glaubte, ich weiß nicht warum, daß es etwas wie Alkohol sei (wenigstens was die Gefahr für den Organismus anging). An diesem Abend wußte ich, wie übrigens an allen vorhergehenden Abenden, absolut nicht, was ich mit mir anfangen oder wohin ich gehen sollte; ich hatte fünfzehn Rubel, und ich nahm die Einladung freudig an.

II

Es war ein trockener Frost, und alles knirschte. Der Schlitten glitt bis zur Durchfahrt, und ein metallisches Kreischen fiel nach allen Seiten; von den Dächern stieg überall in weißen Pfeilern der Rauch empor, und die Stadt schien wie eine gigantische Nachtlampe am Himmel zu hängen. In der Durchfahrt war es ebenfalls sehr kalt, und man hörte den Widerhall der Geräusche – das Eis war mit Schnee bedeckt –, aber kaum hatte ich die Tür zum Café geöffnet, als eine Wolke aus Waschküche, Hitze, Gerüchen und Tönen entwich.

Die kleine Garderobe war nur durch eine dünne Wand abgetrennt und dermaßen vollgestopft mit übereinandergehängten Pelzen, daß der Portier hüpfen mußte, als erkletterte er ein Gebirge, und außer Atem kam, als er meinen Überzieher, den er mir abgenommen hatte, an der Taille hochhaltend blind an den Kleiderhaken vorbeiführte: der Kragen fiel immer wieder herab und blieb nicht hängen. Auf den Borden und auf dem Spiegeltischchen stapelten sich Hüte und Mützen säulenartig, und die ineinandergeschobenen Stiefel und Gummischuhe darunter hatten mit Kreide gekritzelte Nummern auf den Sohlen.

Genau in dem Augenblick, als ich den Saal betrat, hob der Geigenspieler, der sein Instrument schon unter dem Kinn hielt, feierlich seinen Bogen, stellte sich auf die Zehenspitzen, hob die Schultern, ließ sich jäh nach hinten fallen (welche Bewegung das Klavier und das Violoncello in Bewegung setzte) und fing zu spielen an.

Ich stand neben den Musikern und sah in den überfüllten Saal, dessen Stimmengewirr mit dem Einsetzen der Musik augenblicklich lauter wurde, und ich versuchte Zander auszumachen. Der Pianist neben mir arbeitete stark mit den Ellbogen, den Schultern und mit seinem ganzen Rücken, sein Stuhl, auf den man ein zerfetztes Partiturenbuch geschoben hatte, bog sich, und die Rückenlehne schwankte und ging aus dem Leim; der Cellist, der seinen Gesichtsausdruck mittels hochgezogener Augenbrauen versüßte, neigte das Ohr zu dem Finger, der auf den Saiten tanzte; und der Geiger, die Beine kräftig auseinandergestellt, zappelte mit dem Oberkörper in ungeduldiger Glut – man schämte sich seines Gesichts, das lasziv die eigenen Töne genoß und mit freudiger Beharrlichkeit dazu einlud, ihn anzuschauen, während absolut niemand ihn beachtete.

Ich hob mich auf die Zehenspitzen, zog den Bauch ein, glitt seitlich durch die engstehenden Tische, und mechanisch (aus einem Bedürfnis, mir meine intellektuelle Nichtigkeit zu beweisen, das mich in den letzten Monaten häufiger überkam) suchte ich nach einer Definition dieser Musik, die ich natürlich nicht fand. Dort, auf der anderen Seite des Saals, wo ein wenig mehr Platz war, wechselten die Töne wie der Wind die Richtung, und momentweise lösten sie sich von den Musikern, deren Geigenbögen sich dann lautlos bewegten. Und in der Nähe des großen Fensters stand Zander, er reckte sich über die Köpfe und zog meine Aufmerksamkeit mit Taschentuchwinken auf sich.

«Na also, da bist du! Na also, da bist du!» wiederholte er, und er bahnte sich einen Weg und griff meine beiden Hände, «na also, wie geht's –» er wackelte mit dem Kopf – «wie geht's, Wadia?» Er hatte die Manie, mit dem Haupt zu wackeln, worauf die bereits ausgesprochenen Worte wie vergessen waren, aus dem Kopf verschwunden, und mit ermüdender Beharrlichkeit nahm er sie von neuem auf. Seine spitzen Augen und seine gierige Nase legten sich gut gelaunt in Falten. Ohne meine Hand loszulassen, wich er in einen engen Gang zurück und zog mich an einen Tisch, an dem zwei andere saßen. Aus der Art und Weise, wie sie mir mit einer gewissen Erwartung in die Augen sahen, schien es klar, daß sie in seiner Begleitung waren und daß er uns gleich miteinander bekannt machen würde. Von den zweien, die sich bei unserer Ankunft erhoben hatten, nannte Zander den einen Hirge und den anderen Mik, und dabei zitterte sein Kopf dreimal, und dreimal fing er wieder an zu erzählen, daß Mik Karikaturist und Tänzer sei. Über den anderen sagte Zander nichts, aber man konnte, zumindest was seine körperliche Haltung anging, zwei Worte verwenden: «träger Überdruß.» Als wir an den Tisch kamen, erhob Hirge sich mit trägem Überdruß, hielt mir mit überdrüssiger Trägheit die Hand hin, und als er sich wieder gesetzt hatte, sah er mit trägen Überdruß über die Köpfe hinweg. Der zweite, Mik, war allem Anschein nach sehr nervös. Zigarette im Mund (sie wippte, wenn er sprach), wandte er sich, ohne mich zu beachten, an Zander: «Na also, werd hier nicht alt, klär die Lage, klär die Lage!» Und als er von Zander hörte, daß die Lage geklärt sei und daß es fünfzehn Rubel gebe, zog er ihm ein saures Gesicht, dann ein Lächeln, dann wischte er das Ganze weg und schlug mit seinem Ring laut auf den Glastisch. Hirge blickte mit trägem Überdruß zur Seite. Eine Bedienung mit schrecklich müdem Gesicht, das mir sofort bekannt vorkam, drehte sich bei dem Geräusch jäh um, stützte ihre kleine, steife Schürze auf die spitze Ecke des Tisches, die sich ihr in den Bauch drückte, und fing an, die leeren Gläser einzusammeln. Als sie die Kippen aufhob (die nicht im Aschenbecher, sondern direkt auf dem Tisch verstreut lagen), widerwillig die Unterlippe senkte und leicht den Kopf schüttelte, wie um zu sagen, daß sie nichts anderes als diese Schweinerei hatte erwarten können, da erkannte ich Nelly. Ohne mir einen Blick zu gönnen, obgleich ich ihr guten Tag gesagt und sie gefragt hatte, wie es ihr gehe, wischte sie weiterhin emsig den Tisch mit einem Lappen ab, sagte leise: «Es muß gehen, danke», ihre Wangen bedeckten sich mit krankhaften, ziegelsteinfarbenen Flecken, und als sie alles eingesammelt hatte, drehte sie sich ängstlich zum Tresen um, beugte sich plötzlich zu Hirge hinunter und sagte schnell, daß sie bald abgelöst und unten warten werde. Worauf Hirge (er stützte gerade seine Hände auf den Tisch, und die Anstrengung, sich zu erheben, verzerrte sein Gesicht, als wäre er tödlich in den Rücken getroffen) mit dem Kopf ein Zeichen trägen Überdrusses machte.

III

Bevor noch eine halbe Stunde verstrichen war, saßen wir alle – Nelly, Zander, Mik und ich – in einem gutgeheizten Zimmer voller sehr alter Möbel und warteten auf Hirge, der einen Augenblick hinausgegangen war, um das Kokain zu holen (man hatte mir während der Fahrt erzählt, das letzterer nicht schnupfte, sondern die Droge nur verkaufte). Direkt hinter der Tür stand ein altes Piano, so daß man sie nur halb öffnen konnte. Seine Tasten hatten die Farbe ungeputzter Zähne, und in schiefen Kerzenhaltern hingen gewundene rote Kerzen mit goldenen Punkten, aus denen die Dochtenden in verschiedene Richtungen ragten (die Löcher der Kerzenhalter waren zu groß). Weiter hinten trat aus der Mauer ein Kamin hervor, und auf seinem weißen Marmorsims standen unter einer Glaskugel zwei französische Edelleute in Wams und Schnallenschuhen; sie hielten ihre kleinen Köpfe schief, deuteten einen Menuettschritt an und warfen dabei gleichzeitig eine Uhr in die Luft mit weißem Zifferblatt, ohne Glas, mit einem Loch zum Aufziehen und einem einzigen, überdies verbogenen Zeiger. In der Mitte des Zimmers standen niedrige Sessel, mit gelbem oder mit schwarzem Samt bezogen, je nachdem, ob man ihn in der richtigen Richtung oder gegen den Strich bürstete. Der Samt war so weich, daß man Zeichen darauf machen konnte. Zwischen den Sesseln stand ein ovaler, schwarzlackierter Tisch, dessen kompliziert geschwungene Füße mit einer kleinen Platte verbunden waren, auf der ein Familienalbum lag, das ich an mich nahm. Es war in lila Samt gebunden (in jeder Ecke hatte der Einband gewölbte und leicht abgestumpfte Kupfernägel, auf denen das Album wie auf Rädchen ruhte), und ein Bild aus eingeritzten Farben stellte darauf ein Dreigespann mit Wolken unter den Schlittenkufen dar, das unter einem Kutscher mit erhobener Peitsche tollkühn dahinstürmte. Ich wollte das Album gerade öffnen und die Innenseiten umblättern, die mit Goldschnitt versehen und so schwer waren, daß sie beim Umblättern wie Holz gegeneinanderklapperten – doch in diesem Moment rief Mik mich lebhaft ans andere Ende des Zimmers. «Hier, bewundern Sie», sagte er, ohne sich umzudrehen, und lud mich mit nach hinten gestrecktem Arm ein, näher zu kommen. «Sehen Sie bloß diesen Bastard an, sehen Sie bloß diese Scheußlichkeit.» Er zeigte mir ein nacktes Bronzebaby, das mit seiner pummeligen Hand einen enormen Kandelaber in die Luft hielt. «Aber das ist unvorstellbar», rief Mik und preßte seine Faust an die Stirn. «In welcher stumpfsinnigen Dunkelheit haben die Leute geschwebt, die solche Sachen hergestellt, und auch die, die ein solches Objekt gekauft haben? Mein Lieber, sehen Sie nur –» er packte mich bei den Schultern – «Sehen Sie nur seine Physiognomie. Stellen Sie sich vor –» er drückte die Faust gegen seine Stirn – «dieses Baby hebt an seinem ausgestreckten Arm fünfmal sein eigenes Körpergewicht, das ist monströs, das ist wie das Gewicht von 20 puds* für Sie und für mich. Na, und was drückt sein Gesichtchen aus? Sehen Sie auch nur die geringste Widerspiegelung eines Kampfes, einer Anstrengung oder einer Spannung? Wenn Sie den Kandelaber absägen, der an seinem Händchen angebracht ist, so versichere ich Ihnen, daß auch die einfühlsamste Kinderschwester, wenn sie sein Frätzchen sieht, nicht erraten könnte, ob dies Baby schlafen will, oder ob es jetzt ... Scheußlich, Scheußlich!»

«Aber was willst du noch finden?» schrie Zander gut gelaunt vom anderen Ende des Zimmers, er ging um den Sessel

* Gewichtsmaß von 16,38 kg.

herum und wollte schon zu uns kommen, doch in diesem Augenblick kam Hirge herein. Er war im Schlafrock und trug vorsichtig etwas, das er an die Brust drückte, und kaum war er eingetreten, nein, kaum hatte er die Tür mit dem Knie geöffnet, liefen alle – Mik, Zander und Nelly – ihm entgegen, und da er nicht stehenblieb, drehten sie sich um und folgten ihm an den Lacktisch, wo man unter der Hängelampe besser sehen konnte. Ich trat ebenfalls hinzu.

Auf dem Tisch lag schon eine kleine Weißblechdose, ähnlich denen, in welchen man bei Abrikosow Bonbons verkauft, aber kleiner. Auf ihrem blitzenden, wie blankgeputzten Metall sah man hier und dort Fetzen zerrissenen Papiers. Daneben lag etwas, das wie ein Kompaß am Faden aussah, und noch eine kleine Holzdose. «Los, los, worauf warten wir noch», sagte Mik, «schau nur unsere Schöne, sie hält es schon nicht mehr aus.» Und er nickte mit dem Kopf in Richtung Nelly, die mit dem Gesicht eines Menschen, der sich ganz plötzlich krank fühlt, die Ellbogen bald auf den Tisch stützte und sich bald wieder aufrichtete, ohne dabei Hirge aus den Augen zu lassen, als schätzte sie ab, wo es ein besseres Stück zu beißen gäbe: unten oder oben. Hirge rieb sich müde die Stirn, und indem er Zunge und Lippen widerwillig in Bewegung setzte, sagte er: «Ein Gramm kostet heute 7,50, wieviel für Sie?» Die letzten Worte waren an mich gerichtet, ich sah, daß Zander mir einen empörten Wink mit den Augen machte, als hätte er mit mir eine Rolle im voraus einstudiert, die ich jetzt, wo ich sie spielen sollte, vergessen hatte – ich sagte, ich hätte etwas weniger als fünfzehn Rubel. «Für mich ein Gramm», sagte plötzlich und unerwartet Nelly, die auf ihrer Unterlippe kaute. Hirge senkte die Lider und neigte leicht den Kopf zum Zeichen des Einverständnisses, legte eine brennende Zigarette auf die Tischkante – ohne auf Mik zu achten, der in wilder Ungeduld schnaubte und mit dem Kopf in den Händen wie ein Unsinniger anfing, im Zimmer umherzulaufen – und öffnete die Dose aus Weißblech. «Für Sie also zwei Gramm», sagte Hirge und versuchte vorsichtig, etwas Blaues hervorzuholen, das sich darin befand. «Nein, wie das», ging Zander dazwischen, «wir müssen teilen.» Und kopfnickend wiederholte er: «Wir müssen teilen.» Doch Mik, der schon an den Tisch geeilt war, hob den Zeigefinger (als hätte er eine großartige Idee) und schlug mit vergnügter Stimme vor, die drei Gramm in vier gleiche Teile aufzuteilen, damit jeder drei Viertel des Ganzen bekäme. Mit bösartig niedergeschlagenem Blick sagte Nelly: «Nein, für mich ein ganzes Gramm. Wir arbeiten den ganzen Tag für das Geld. Wir rackern uns ab, wir rackern uns ab.» Sie biß sich von neuem auf die Lippe, ohne den Blick zu heben. «Gut, gut», sagte Mik in einem Ton gereizter Versöhnlichkeit. «Machen wir es also anders.» Und er schlug vor, meine zwei Gramm aufzuteilen, und Zander und ihm selbst drei Viertel zu geben und mir, der ja erst Anfänger war, eine Hälfte. «Wir dürfen, nicht wahr?» fragte er mich, und sah mir dabei einschmeichelnd in die Augen. Und nur Zander mischte sich noch einmal ein, um seinen Zweifel an der Tatsache auszudrücken, daß zweimal drei Viertel plus einer Hälfte auch zwei volle Gramm machten. Hirge, der bis dahin mit hängendem Kopf und Armen gewartet hatte, sah, daß eine allgemeine Übereinstimmung endlich erreicht war, nahm das Geld von Nelly und von mir entgegen, zählte es durch, steckte es in die Tasche, verschob die Zigarette noch einmal, damit sie nicht den Tisch anbrannte, und begann, sich mit der Blechschachtel zu beschäftigen, in der man etwas Blaues sah. Erst in diesem Moment, als Hirge dies blaue Etwas aus der Schachtel nahm, begriff ich, daß es ein Papierbeutelchen war und daß neben der jetzt leeren Blechschachtel eine Apothekerwaage lag, welche ich zunächst für einen Kompaß gehalten hatte. Hirge holte eine kleine beinerne Schaufel aus seiner Westentasche sowie mehrere Papierstückchen, die wie für Pulver in der Apotheke zusammengefaltet waren. Er faltete eines davon auseinander – es war leer –, legte es auf die Waagschale, warf auf die andere ein winziges Stück Metall, das er aus dem Kästchen genommen hatte (in ihm befanden sich die Gewichte), hob den Waagebalken so hoch, daß die Fäden sich spannten, die Waagschalen aber auf dem Tisch blieben. Während er die Waage weiter mit einer Hand hielt, öffnete Hirge, der die kleine Schaufel mit der anderen Hand hielt, das Päckchen und tauchte die Schaufel hinein. Das Papier knirschte, und ich bemerkte in dem blauen Beutel ein eng einliegendes zweites Säckchen aus weißem wie mit Schwefelsäure behandeltem Papier (das war es, was geknirscht hatte). Auf der Schaufel, die er anschließend behutsam herauszog, lag ein Häufchen weißen Puders. Es war sehr weiß, glänzte wie Kristall und erinnerte an Naphthalin. Mit viel Vorsicht ließ Hirge das Pulver in das Briefchen auf der Waage fallen, und mit der anderen Hand hob er den Waagebalken höher. Die Schale mit den Gewichten war schwerer. Dann pflanzte Hirge, ohne dabei die hoch über den Tisch gehaltene Waage zu senken, die beinerne Schaufel in das blaue Päckchen, doch das war zweifellos unbequem und schwierig für eine Hand. «Halt das Päckchen ein bißchen», sagte er zu Mik, der am nächsten stand, und da erst, als er diese Worte sprach, bemerkte ich die schreckliche Stille, die in dem Zimmer herrschte. «Na, da ist ja fast nichts drin», sagte Mik, während Hirge, der nicht antwortete und mit seiner Schaufel noch etwas Kokain herausgeholt hatte, dieses mit der Fingerbewegung auf die Waage fallen ließ, mit der man von Zigaretten Asche abklopft. Als die Waagschalen auf einer Höhe hingen, ließ Hirge, der mit einer präzisen, behutsamen Bewegung das, was auf der Schaufel geblieben war, wieder in das Päckchen zurückgetan hatte, die Waage sinken, nahm, nachdem er das Kokain zusammengehäuft hatte, das sofort einen glatten, festen Glanz annahm, das Briefchen herunter, schloß es und reichte es Nelly. Während Hirge das nächste Briefchen abwog und vorbereitete (gewöhnlich verkaufte er fertig präparierte Briefchen, aber Mik, der, wie ich später erfuhr, fürchtete, daß er Chinin hinzutat, hatte – während der Fahrt – als absolute Bedingung gestellt, beim Abwiegen dabei zu sein), während also das nächste Briefchen vorbereitet wurde, beobachtete ich Nelly. Unverzüglich und noch am Tisch öffnete sie ihr Briefchen, holte ein dünnes Glasrohr aus ihrer Handtasche, mit dem sie ein winziges Häufchen Kokain entnahm, das sofort bröckelig wurde. Danach hielt sie ein Ende des Röhrchens über das Häufchen Kokain, neigte den Kopf, führte das obere Ende in ihr Nasenloch und atmete ein. Obgleich das Glas nicht das Kokain berührte, verschwand der Haufen. Mit dem anderen Nasenloch praktizierte sie dasselbe, faltete das Heftchen zusammen, tat es in ihre Handtasche und zog sich in einen Sessel in der Tiefe des Zimmers zurück.

Inzwischen hatte Hirge das nächste Briefchen abgewogen, nach welchem Zander schon die Hand ausstreckte. «Oh, mach's bitte nicht zu», sagt er, als Hirge, den Kopf gesenkt, als bewundere er seine Arbeit, das Päckchen fertig machte, «stampf es nicht fest, zerkleinere es nicht, das ist nicht nötig.» Zitternd griff Zander sein offenes Heftchen und schüttete einen kleinen Haufen auf seinen Handrücken, viel größer allerdings als der von Nelly. Dann reckte er seinen behaarten Hals, um über dem Tisch zu bleiben, näherte seine Nase dem Häufchen Kokain, verzerrte den Mund, um das andere Nasenloch zu schließen, und sog, ohne das Pulver zu berühren, laut die Luft ein. Das Hügelchen verschwand von seiner Hand. Dasselbe machte er mit dem anderen Nasenloch, mit dem einzigen Unterschied, daß die Portion Kokain so klein war, daß man sie kaum sah. «Ich kann nur mit dem linken Nasenloch schnupfen», erklärte er mir mit dem Ausdruck eines Mannes, der einen außergewöhnlichen Aspekt seiner Natur beschreibt und dabei seine Angeberei mit einer bestürzten Miene abmildert. Gleichzeitig verzog er das Gesicht mit Widerwillen, streckte weit die Zunge heraus und leckte mehrere Male die Stelle auf seiner Hand, wohin er das Kokain getan hatte, und schließlich, als er sah, daß ein Krümel auf den Tisch gefallen war, bückte er sich und leckte den Tisch ab, auf dessen lackierter Oberfläche er einen feuchten, matten Fleck hinterließ, der sich schnell verflüchtigte.

Jetzt wurde auch mein Heftchen gewogen und sorgsam vor mich hingelegt, während Mik, der die Tür hinter Hirge, der gegangen war, geschlossen hatte, sein Pulver sehr behutsam in eine winzige Glasphiole schüttete, die er aus der Tasche geholt hatte. Als er sein Kokain geschnupft hatte (Mik schnupfte auch auf seine Weise und anders als die anderen: Er tauchte das stumpfe Ende eines Zahnstochers in die Phiole, in der das Kokain nadelförmig an den Wänden hing, holte damit eine kleine, gehäufte Pulverpyramide heraus und hielt sie ans Nasenloch, ohne etwas fallen zu lassen), als er aber geschnupft hatte, bemerkte er mein noch unangerührtes Heftchen. «Und Sie, warum schnupfen Sie nicht?» fragte er mich in einem Ton, der verblüfft und vorwurfsvoll war, als läse ich im Theaterfoyer eine Zeitung, während die Vorstellung schon angefangen hatte. Ich sagte, daß ich, um die Wahrheit zu sagen, nicht wisse, wie es zu machen sei, und daß ich überdies nichts dafür hätte. «Kommen Sie, ich werde das für Sie arrangieren», sagte er, ganz genauso, als hätte ich keine Eintrittskarte, und er sei bereit, mir eine zu geben. «Hört mal», schrie er Nelly und Zander zu, die in einer Ecke einen Spieltisch aufgestellt und schon Kreide und Karten hervorgeholt hatten, «was macht ihr denn da hinten, kommt her, hier befreien wir einen Mann von der Jungfräulichkeit seiner Nasenlöcher.» Mik öffnete mein Päckchen (das Kokain darin war flachgedrückt, und in der Mitte war eine dickere Schicht, die außen in welligen Linien endete, und als Mik es aufgemacht hatte, spaltete sich der dickere Teil und schien hochzuspringen), er nahm mit dem Ende des Zahnstochers etwas Pulver auf, faßte mich an der Schulter und zog mich ein wenig zu sich heran. Ich sah sein Gesicht jetzt ganz aus der Nähe. Seine Augen schimmerten feucht, und seine Lippen bewegten sich unaufhörlich, ohne sich zu öffnen, als lutschte er ein säuerliches Bonbon. «Ich werde diese Prise an Ihr Nasenloch halten, und Sie atmen durch die Nase ein, das ist alles», sagte Mik und hob vorsichtig den Zahnstocher. Doch als ich die Annäherung des Zahnstochers spürte und einatmen wollte, schrie Mik: «Oh, zum Teufel!» und ließ den Arm sinken: der Zahnstocher war leer.

«Was hast du gemacht?« regte Zander sich auf (er und Nelly standen dicht am Tisch). «Du hast's weggepustet.» Und wirklich, es kam mir eigenartig vor, daß mein Atem, den ich zurückgehalten hatte, das weiße Puder hatte davontragen können; als ich bemerkte, daß meine Jacke unter dem Kinn damit bestäubt war, fing ich mechanisch an, sie mit dem Ärmel abzuputzen, wie ich es mit Haarpuder machte. «Aber was machst du, du Scheißkerl», schrie Zander, stürzte los, ließ sich dumpf mit den Knien auf die Erde fallen, holte sein Heftchen hervor und fing an, die flaumigen Stückchen aufzusammeln. Ich fühlte, daß ich irgendwie eine schreckliche Ungeschicklichkeit begangen hatte, und sah Nelly flehentlich an. «Nein, nein, Sie wußten es nicht», antwortete sie sogleich beschwichtigend. Sie nahm Mik über dem Tisch den Zahnstocher aus der Hand (ging dabei um Zander herum, der unten umherkroch, und flüsterte dabei wie eine Frau vom Lande, indem sie die Luft einsog: «Oh, mein Gott!») und kam auf mich zu. «Sehen Sie, mein

Kleiner, begreifen Sie mich», sagte sie leicht undeutlich, als preßte irgend etwas ihr dabei die Zähne zusammen, und schwenkte dabei den Zahnstocher, «das Kokain, oder wie wir es nennen, das Koks, begreifen Sie, einfach Koks, also, das Koks ...» – «Oder, wie wir es nennen, das Kokain», fing Mik an, aber Nelly brachte ihn zum Schweigen, indem sie den Zahnstocher schwenkte. «Nun also, das Koks», fuhr sie fort, «ist außergewöhnlich leicht, leicht bis zur Hexerei. Sie begreifen. Der kleinste Luftzug genügt, um es wegzublasen. Deshalb, um es also nicht wegfliegen zu lassen, dürfen Sie nicht ausatmen, oder Sie müssen die Luft vorher herauslassen.» – «Aus den Lungen natürlich», fügte Mik griesgrämig hinzu. «Aus den Lungen», gurrte Nelly, und dann gleich zu Mik: «Oh, verschwinden Sie, Sie stören nur!» – und wieder zu mir: «Also, Sie begreifen, sobald ich Ihnen die Prise reiche, dürfen Sie nicht von sich wegatmen, Sie müssen sofort zu sich hinatmen. Jetzt haben Sie begriffen, nicht wahr?» sagte sie und nahm das Kokain auf den Zahnstocher. Ich gehorchte, und wie sie befohlen hatte, atmete ich nicht aus und atmete ein, sobald ich das Kitzeln des Zahnstochers an der Nase spürte. «So ist es perfekt», sagte Nelly, «noch einmal», und sie kratzte von neuem mit dem Zahnstocher in dem Heftchen. Nach der ersten Prise hatte ich in meiner Nase nichts gespürt außer vielleicht, und auch das nur für einen winzigen Moment, einen bestimmten, aber nicht unangenehmen Apothekengeruch, der aber sofort verflog, als ich ausatmete. Ich spürte wieder den Zahnstocher am anderen Nasenloch, und diesmal atmete ich viel stärker ein, denn ich war selbtsicherer geworden. Indessen, ich war wohl zu eifrig gewesen, denn ich fühlte, das eingeatmete Pulver war in den Rachen geraten und kitzelte dort, und unwillkürlich schluckte ich und fühlte sogleich mit dem Speichel etwas Bitteres sich in der Mundhöhle ausbreiten.

Unter dem forschenden Blick, den Nelly auf mich geheftet hielt, versuchte ich, das Gesicht nicht zu verziehen. Ihre Augen, gewöhnlich von schmutzigem Blau, waren jetzt vollkommen schwarz, und nur ein winziger blauer Rand umgab diese dunkle, schrecklich geweitete Pupille aus Feuer. Was ihre Lippen anging, so bewegten sie sich wie die von Mik in einer unaufhörlichen Bewegung des Leckens, und ich wollte gerade fragen, was sie lutschten, als Nelly, die Mik den Zahnstocher zurückgegeben und mein Heftchen wieder in Ordnung gebracht hatte, hastig zur Tür ging, sich umdrehte und sagte: «Es dauert nur eine Minute, ich komme gleich wieder», und hinauslief.

Die Bitterkeit im Mund war fast vollständig verschwunden, und es blieb nur die Kälte im Hals und am Zahnfleisch, wie wenn man bei Frost lange mit weit offenem Mund atmet und dieser einem, wenn man ihn wieder zugemacht hat, durch den Gegensatz zu der Wärme des Speichels noch kälter vorkommt. Die Zähne aber waren vollkommen vereist; wenn man gegen einen Zahn drückte, so fühlte man, daß die anderen miterfaßt wurden, ohne Schmerzen, wie zusammengeschweißt.

«Jetzt dürfen Sie nur noch durch die Nase atmen», sagte Mik zu mir, und es war in der Tat sehr leicht geworden zu atmen, als hätten sich die Nasenlöcher bis zum äußersten geweitet, und die Luft wäre besonders würzig und frisch geworden. «Eh-te-te», stoppte mich Mik mit einer ängstlichen Handbewegung, als er sah, daß ich ein Taschentuch genommen hatte. «Lassen Sie das, das ist verboten», sagte er streng. «Aber ich muß mir unbedingt die Nase putzen», beharrte ich. «Aber was erzählen Sie», sagte er und schob dabei den Kopf vor und drückte die Faust gegen die Stirn, «welcher Idiot schneuzt sich nach einer Prise? Wo haben Sie das gehört? Schlucken Sie. Das ist Kokain, das ist kein Medikament gegen Erkältung.»

Inzwischen setzte Zander sich mit seinem Briefchen in der Hand auf die Stuhlkante, blieb einen Moment so, ohne etwas zu sagen, schüttelte den Kopf und ging dann, als wäre ihm etwas eingefallen, zur Tür. «Geh nachschauen», hielt Mik ihn an, «klopf dahinten an Nellys Tür, sie soll sich beeilen. Und du, beeil dich, ich bin auch noch nicht tot.»

Als Zander mit eigenartigen Gesten ängstlicher Vorsicht die Tür hinter sich schloß, fragte ich Mik, worum es sich handle und wohin sie alle gingen. «Ach, Lappalien! ...» antwortete er (auch er sprach schon seltsam durch die Zähne), «nach den ersten Prisen hat man einfach eine Kolik, aber das vergeht sofort und kommt nicht wieder bis zum Ende der Sitzung. Bei Ihnen kann das noch nicht passieren», fügte er hinzu, wie um mich zu beruhigen, und horchte an der Tür. «Ich denke, daß das Kokain bei mir auch nicht wirkt», sagte ich plötzlich, ohne selbst darauf gefaßt zu sein, und der geläuterte Klang meiner Stimme verschaffte mir eine solche Lust und ein solches Hochgefühl, daß ich hätte glauben mögen, ich sagte etwas schrecklich Intelligentes. Mik durchquerte das ganze Zimmer, um mir nachsichtig die Schulter zu tätscheln. «Das können Sie Ihrer Großmutter erzählen», sagte er. Er lächelte boshaft, lief wieder zur Tür, öffnete sie und ging hinaus.

IV

Jetzt ist niemand mehr im Zimmer, und ich gehe zum Kamin und setze mich. Ich setze mich an das schwarze, vergitterte Loch des Kamins und vollführe in mir die Arbeit, die an meiner Stelle und in meiner Lage jeder getan hätte: ich intensiviere mein Bewußtsein, indem ich es zwinge, die Veränderungen meiner Empfindungen zu beobachten. Das ist eine Selbstverteidigung: sie ist unerläßlich, um eine Sperre zwischen meinen inneren Empfindungen und ihrer äußeren Darstellung zu errichten.

Mik, Nelly und Zander kommen wieder ins Zimmer. Ich öffne mein Briefchen, das auf der Armlehne des Sessels liegt, bitte Mik um seinen Zahnstocher und ziehe noch zwei Prisen ein. Natürlich mache ich das nicht für mich, sondern für sie. Das Papier knirscht, das Kokain springt bei jedem Knirschen hoch, aber ich passe auf und verschütte nichts. Ich schreibe meine Geschicklichkeit dem leichten und freudigen Eindruck zu, den ich dabei empfinde.

Ich strecke mich im Sessel aus. Ich fühle mich wohl. In mir erhellt ein beobachtendes Licht aufmerksam alle meine Empfindungen. Ich bin auf eine Explosion gefaßt, ich erwarte Blitze als Folge der Drogeneinnahme, aber je länger es anhält, desto mehr erlange ich die Gewißheit, daß es keine Explosion und keinen Blitz gibt und geben wird. Also wirkt das Kokain wirklich nicht auf mich. Das Bewußtsein, daß ein so starkes Gift keine Macht über mich hat, und die Freude, den außergewöhnlichen Charakter meiner Natur festzustellen, überschwemmen mich mehr und mehr.

Im Hintergrund des Zimmers sitzen Zander und Nelly vor dem Spieltisch und werfen die Karten ab. Da ist Mik, der sich auf die Tasche schlägt, Streichhölzer sucht und in einem hoch angebrachten Leuchter eine Kerze anzündet. Ich beobachte mit Liebe die Sorgfalt, mit der er seine hohle Hand um die Kerze legt, die das Licht in sein Gesicht projiziert.

Und ich fühle mich immer besser und heiterer. Ich fühle schon, wie meine Freude sich mit ihrem kleinen, zarten Kopf in meinem Hals windet und ihn kitzelt. Bald (ich ersticke ein bißchen) halte ich es nicht mehr aus, ich muß diese Freude herauslassen, sei es auch nur ein wenig, ich habe schreckliche Lust, diesen armen kleinen Leuten etwas zu erzählen.

Es macht nichts, daß sie «pst» machen und die Hände bewegen und verlangen, daß ich Ruhe bewahre (das war vorher zwischen uns strikt abgemacht). Es macht nichts, weil ich mich nicht verletzt fühle. Einen Augenblick, einen einzigen Augenblick fühle ich etwas wie die Erwartung einer solchen Verletzung. Aber diese Erwartung wie auch die Verwunderung, überhaupt nicht verletzt zu sein – das alles sind keine Gefühle, sondern theoretische Schlußfolgerungen anläßlich von Gefühlen, die solchen Ereignissen hätten entsprechen müssen. Meine Freude ist so stark, daß sie ungehindert durch jede Beleidigung gleitet: sie ist wie eine Wolke, das schärfste Messer kann sie nicht ankratzen.

Mik schlägt einen Akkord an. Ich fahre zusammen. Erst jetzt merke ich, wie gespannt mein Körper ist. Ich sitze, ohne mich abzustützen in diesem Sessel, und die Muskeln meines Unterkörpers sind unangenehm zusammengezogen. Ich lehne mich im Sessel zurück, aber das bringt keine Erleichterung. Die Muskeln entspannen sich nicht. In diesem weichen und bequemen Sessel sitze ich gegen meinen Willen in einer starken Anspannung, als würde der Sessel in Brüche gehen und unter meinem Gewicht zusammenbrechen.

Auf dem Klavier brennt die Kerze über Mik. Die Flamme züngelt, und in der anderen Richtung züngelt ein schnurrbärtiger Schatten unter Miks Nase. Mik schlägt noch einen Akkord an und wiederholt ihn ganz leise; es scheint mir, als schwämme er zusammen mit dem Zimmer davon.

«Na, und jetzt sag, was Musik ist», flüstern meine Lippen. Unterhalb meines Halses zieht sich all die Freude zu einer hüpfenden, hysterischen Kugel zusammen. «Musik – das ist die simultane, klangliche Darstellung des Gefühls der Bewegung und der Bewegung des Gefühls.» Meine Lippen wiederholen und flüstern diese Worte unzählige Male. Immer mehr, immer tiefer und tiefer dringe ich in den Sinn dieser Worte ein, und ich sehne mich nach Ekstase.

Ich mühe mich, einen Seufzer auszustoßen, aber ich bin so angespannt, so verkrampft, daß ich auch beim tiefsten Atmen nur in kleinen Stößen ein- und ausatme. Ich will das Briefchen von der Sessellehne und eine Prise nehmen, doch obgleich ich mit meinem ganzen Willen meinen Händen eine schnelle Bewegung befehle, gehorchen die Hände nicht und bewegen sich schwer und langsam, festgehalten in einer Art verängstigter Versteinerung, aus der Furcht heraus, etwas zu zerbrechen, zu verschütten, umzuwerfen.

Ich sitze schon lange so, leicht zur Seite geneigt, mit übereinandergeschlagenen Beinen. Und das Bein und die Seite, auf die ich mich mit meinem ganzen Gewicht stütze, sind müde, kribbeln, verlangen Entlastung. Ich spanne meinen Willen an, will mich bewegen, mich umwenden, anders hinsetzen, aber mein Körper ist ängstlich, eisig, erstarrt; wenn ich nur eine Bewegung machte, bräche alles krachend zusammen. Der Wunsch, diese ängstliche Versteinerung zu brechen, zu überwinden, und zur gleichen Zeit die Unmöglichkeit, sich zu bewegen, lassen Verärgerung in mir aufkommen. Doch diese Verärgerung ist ebenfalls still, tief innerlich, nichts kann sie entlasten, und folglich wächst sie.

«Und unser Wadim ist vollkommen weggetreten.»

Es ist Mik, der das sagt. Danach vergeht eine gewisse Zeit, während der, ich weiß es, alle mich ansehen. Ich bleibe versteinert sitzen, ohne den Kopf zu wenden. Im Nacken habe ich noch immer dieselbe Empfindung: wenn ich den Kopf bewege, wird das Zimmer umkippen. «Aber er ist gar nicht weg. Er hat bloß gerade einen leichten Entzug. Wir müssen ihm schnell ein Näschen geben.» Es ist Nelly, die das sagt.

Mik nähert sich. Ich höre, wie er das Briefchen über meinem Ohr öffnet, aber ich sehe nicht hin. Ich wende mich ab, senke den Blick, tue alles, damit er meine Augen nicht sieht. Ich habe Angst, meine Augen zu zeigen. Das ist ein neues Gefühl. In dieser Angst, daß jemand meine Augen sieht, liegt keine Scham oder Schüchternheit, nein – es ist Furcht vor Erniedrigung, vor Schande und vor dem ganz Entsetzlichen, das sich in diesem Augenblick in meinen verdeckten Augen befindet. Ich fühle den Zahnstocher am Nasenloch und ziehe ein. Dann noch einmal.

Ich will danke sagen, aber meine Stimme ist eingezwängt. «Ich danke Ihnen», sage ich schließlich, doch bevor ich diese Worte ausspreche, huste ich stark, und mit Hilfe dieses Hustens reiße ich meine Stimme heraus. Aber es ist nicht meine Stimme. Es ist etwas Dumpfes, lustvoll Schwieriges, zwischen zusammengebissenen Zähnen.

Mik steht immer noch neben mir. «Brauchen Sie vielleicht etwas?» fragt er. Ich schüttle den Kopf, ich fühle, die Bewegungen sind schon leichter, entspannter. Keine dumpfe Gereiztheit mehr, frischer Vorrat an Lust.

Mik nimmt mich am Arm, ich stehe auf, ich gehe. Zuerst ist alles ein bißchen schwierig. In den Beinen steckt mir die Angst auszugleiten, wie bei einem frierenden Menschen, der die Füße auf Glatteis setzt. Im Flur packt mich sofort das Frösteln.

Auf dem Weg zur Toilette im Flur ist ein starker Geruch nach Kohl oder nach irgendeinem anderen Nahrungsmittel. Wenn ich an Essen denke, empfinde ich Ekel, aber es ist ein besonderer Ekel. Mir ist nicht aus Übersättigung schlecht, sondern weil meine Seele erschüttert ist. Meine Kehle scheint mir derart zugeschnürt und empfindlich, daß der kleinste Bissen steckenbleiben und sie zerreißen würde.

Ein Glas Wasser steht auf dem Klavier. «Trinken Sie», sagt Mik, ohne die Zähne auseinanderzunehmen, und, seine Augen verbergend, «es wird Ihnen noch besser gehen.» Ich strenge mich an, bemühe mich um Schnelligkeit, doch meine Hand streckt sich ganz langsam und wie von Furcht verkrümmt nach dem Glas aus. Zunge und Gaumen sind so hart und trocken, daß das Wasser sie nicht aufweicht, sondern nur kälter macht. Im Moment des Schluckens empfinde ich auch vor dem Wasser Ekel, und ich trinke es wie ein Medikament. «Das Beste ist schwarzer Kaffee, aber es ist keiner da. Rauchen ist auch gut.» Ich stecke eine Zigarette an.

Immer wenn ich die Zigarette an die Lippen führe, überrasche ich mich bei einer anhaltenden Saugbewegung. Diese Saugbewegung setzt ein unerträgliches Übermaß an Genuß frei. Ich weiß, daß ich mich zurückhalten könnte, wenn es nötig wäre, doch das wäre genausowenig natürlich, wie bei schnellem Laufen die Arme an den Körper zu pressen.

Ob es nun vom Wasser kommt, von der Zigarette oder von der neuen Prise Kokain, das schon zur Neige geht, ich fühle, daß mein verängstigter, eisiger Körper mit den verrenkten Bewegungen – wie kann man verhindern, etwas umzustoßen oder fallen zu lassen –, daß meine kalten Füße, die über das Parkett wie über Eis tappen, daß mein ganzer Zustand, der einer Krankheit ähnelt, daß all das nur eine erbärmliche Hülle ist, die einen lautlos tobenden Jubel umgibt.

Ich gehe zum Tisch. Während ich einen Schritt mache, während ich das Knie beuge und in gespannter Furcht den Fuß von neuem zur Erde setze, kommt mir meine ganze Bewegung so furchtbar langsam vor, daß ich glaube, sie wird niemals enden. Aber wenn der Schritt getan und die Bewegung abgeschlossen ist – so erscheint mir die ausgeführte Bewegung in meiner Erinnerung so gespenstisch schnell, als hätten weder sie noch die begleitende Anstrengung je existiert. Und ich weiß schon: in dieser quälenden Langsamkeit der Ausführung, in diesem gespenstischen Verschwinden des Ausgeführten – in dieser krankhaften Verdoppelung wird die ganze Nacht vergehen.

Langsam und niemals beendet erscheint mir das Ankleiden, dieses schlotternde Einfädeln der Arme in die Ärmel meines Überziehers, nachdem ich Mik mit einer von Aufgekratztheit benommenen Stimme vorgeschlagen habe, zu mir zu gehen, einen Wertgegenstand zu holen und gegen neue Briefchen mit Pulver einzutauschen. Doch schon ist der Pelz angezogen, wir stehen im Flur und vergessen, daß so viele umständliche Versuche nötig waren, uns anzukleiden. Langsam und endlos bis zur Tortur erscheint der gefährliche Abstieg über die Treppe, als sei sie von einer dünnen Eisschicht bedeckt, auf der sich die Füße kaum zu bewegen wagen, um nicht auszugleiten, und gleichzeitig ruckhaft losspringen, als sei ein Hund hinter ihnen her, der sie beißen will. Doch schon sind wir unten, und es ist, als hätte es weder die quälenden, zittrigen Versuche noch die Treppe je gegeben – als seien wir aus dem Zimmer direkt auf die Straße getreten. Langsam und endlos scheint diese Fahrt durch eine verlassene, vor Kälte starrende Stadt, dies Frösteln, das den Rücken zermürbt, diese Rauchfetzen und dieser schwankende Goldfaden der Straßenlaternen, der aufgeweicht in den tränenden Augen schwimmt und der davonspringt, wenn ich mit den Augen blinzle. Aber wir sind schon nahe an der Haustür, und es ist, als hätte es all das nicht gegeben, als wäre ich aus Hirges Zimmer direkt unter dies Portal getreten. Lang und endlos erscheint mir dies Frösteln in der Kälte vor der Tür, auf der ein grüner Mond funkelt, bis dahinter ein gelber Schein aufleuchtet mit einem schlaftrunkenen Matwei, dies Treppensteigen, das Entriegeln der Tür, das Hineinschlüpfen durch den dunklen Eingang und das Eßzimmer, in das Zimmer meiner Mutter und dabei dieser köstliche Schauder der Liebe zu meiner Mutter, einer Liebe, wie ich sie noch nie gekannt, nie gefühlt habe, mit einer solchen Anbetung, als schliche ich da nur wie ein Wolf vorbei, um ihr, meiner Mutter, etwas Gutes, Gütiges, Heilsames zu tun. Endlos erscheint mir das Vortasten auf Samtpfoten zum Spiegelschrank, in dem die Wäsche liegt und den ich nicht langsam und vorsichtig öffne, damit er nicht knarrt (in diesem Fall würde er noch mehr knarren), sondern plötzlich, mit einem Ruck, so daß im Spiegel auf der Schranktür der Kopf meiner Mutter aufblitzt, die unter der Nachttischlampe eingeschlafen ist, und dann verschwindet. Alles erscheint endlos, quälend, will nicht aufhören und ist doch gespenstisch und hat es nie gegeben: das Wühlen in der Wäsche, die nach billigen Karamellen riecht, und das Entdecken der Brosche, das Zurück über die Treppe, die wieder eisglatt ist, und von hinten die Bedrohung durch den Hund, das Vorbeikommen an Matwei, der wie absichtlich zu versuchen scheint, mir in meine entsetzten Augen zu sehen, und das seltsam schwierige Vorrücken über den langen, verschneiten Hof (erst am Schlitten bemerke ich, daß ich noch immer auf Zehenspitzen laufe) und das Einstiegen in den Schlitten mit einem Schauder, weil er abrupt abfahren und ich mich daneben setzen könnte, und die Rückkehr hierher, in die warme Stille des Zimmers.

Im Nacken habe ich das Gefühl einer Versteifung, als würde er sich zusammenziehen. Die verkniffenen Augen sind so angespannt, als ginge man schnell eine Straße hinunter, von der Furcht gequält, gegen etwas Spitzes zu stoßen. Weder fortgesetztes Augenzwinkern noch die klare Sicht der Objekte bringen Erleichterung. Ich schließe die Augen, aber die Spannung wird von den Augenlidern aufgenommen, sie schmerzen, als erwarteten sie einen Stoß.

Ich bleibe nahe am Tisch. Je länger ich dort bleibe, je mehr ich mich festsetze, desto schwerer fällt es mir, mich von diesem Platz loszureißen. In dieser Kokainnacht versteinert mein ganzer Körper mal zur Bewegungslosigkeit – und es fällt mir schwer, mich aus ihr zu lösen –, mal stürzt er sich in ruckhafte Bewegungen – und dann fällt es mir schwer, damit aufzuhören; auf der Straße, mit Mik, sind nur die ersten Schritte schwierig gewesen, danach läuft alles in mir durch Schwingungen, die Füße fangen an, von elektrischen Entladungen getrieben, vorwärts zu laufen, und eine dumpfe Gereiztheit wächst wahnsinnig, wahnsinnig, wenn ein Passant vor mir steht: ich habe Angst, an ihm vorbeizugehen – entweder werde ich diesen Passanten umrennen, oder ich laufe gegen die Hauswand und werde meinerseits zusammenbrechen; mich aber zu beruhigen liegt außerhalb meines Willens.

Jetzt kommt Mik ins Zimmer. Er hat neue Briefchen mit Kokain in den Händen, und er schließt mit eigenartigen Bewegungen die Tür, als könnte sie auf ihn fallen. Das Licht der Hängelampe ist gelöscht. Das Zimmer liegt in fast vollständiger Dunkelheit. Im schwankenden, herbstlichen Schein der Kerze haben Zander und Nelly sich zwischen den doppelten Vorhang und den Schrank gedrängt. Ihre Köpfe sitzen lauernd auf ausgestreckten Hälsen. Nellys Hals ist schief, ihr Kopf streckt sich zur Seite, und es scheint mir, als kämen gerade von dieser Seite die bedrohlichen Geräusche der nächtlichen Wohnung auf uns zu. Die Augen sind wahnsinnig starr. Alles im Zimmer steht still, nur die Lippen bewegen sich. «Pst, pst, pst», zischt Nelly mit einem schnellen, verschwommenen Flüstern. «Es kommt jemand», flüstert Zander, «jemand kommt hierher», er schreit flüsternd, und sein Kopf zittert unaufhörlich. Und auch ich bin angesteckt. Auch ich habe Angst. Ich kann mir auch nichts Schrecklicheres vorstellen als in diesem düsteren, schweigenden Zimmer die Ankunft eines wachen und lauten Tag-Menschen, der unsere Augen und uns in diesem Zustand sehen würde. Und ich fühle, daß man in diesem Moment nur zu schießen, einen gellenden Schrei auszustoßen oder wild zu bellen brauchte, und der zarte kleine Faden, an dem mein sanft entfesseltes Hirn hängt, würde zerreißen. In diesem Moment, in dieser nächtlichen Stille, habe ich besonders um diesen kleinen Faden Angst.

Ich sitze in einem Sessel. Mein Kopf ist derart angespannt, daß er zu wanken scheint. Mein Körper ist kalt, erstarrt und wie vom Kopf abgetrennt. Um meine Beine oder meinen Arm zu spüren, muß ich sie bewegen.

Leute sind um mich. Viele, viele Leute. Aber es ist keine Halluzination: ich sehe diese Leute nicht außerhalb, sondern innerhalb meiner selbst. Es gibt da Studenten, Studenten und noch mehr Studenten, aber alle sind ein bißchen verdreht: mißgestaltet, einäugig, ohne Nase, langhaarig, bärtig. «Oh, Professor», schreit eine Studentin ekstatisch (der Professor bin ich), «sprechen Sie bitte heute zu uns über Sport!» Sie hat nur ein Auge und streckt von weitem die Arme nach mir aus. Die Einäugigen, die Schielenden, die Langhaarigen und Bärtigen, und alle, die sich nicht ausziehen sollten und Angst davor hätten, brüllten: «Ja, Professor, sprechen Sie zu uns über Sport, geben Sie uns eine Definition: was ist das, der Sport?» Ich grinse lässig, und die Einäugigen, die Schielenden, die Bärtigen und die Langhaarigen schweigen plötzlich. «Der Sport, meine Herren, ist eine Verausgabung physischer Energie unter der unerläßlichen Bedingung wechselseitigen Wettkampfes und totaler Unproduktivität.» Die Einarmigen, Einäugigen, Schielenden brüllen wild: «Weiter», «mehr». Der einäugige Blaustrumpf rammt seine Ellbogen in die Gesichter und fügt hinzu: «Entschuldigen Sie, Kollege», und bahnt sich einen Weg zum Pult. Ich hebe die Hand. Stille. «Für uns, meine Herren», flüstere ich, «ist das Wichtige nicht das Wesen des Sports, sondern der Grad seiner Wirksamkeit und seines Einflusses auf die Gesellschaft und sogar, wenn Sie erlauben, auf den Staat, und deshalb gestatten Sie mir, um die Wahl des Gegenstandes deutlich zu machen, einige Worte nicht über den Sport, sondern über die Sportler zu sagen. Sie dürfen nicht glauben, daß ich nur an professionelle Sportler denke, die Geld für ihre Vorführungen bekommen und davon leben. Nein. Wichtig ist nicht bloß, wovon ein Mensch lebt, sondern wofür. Wenn ich deshalb von Sportlern spreche, so meine ich damit absolut alle, die uns bekannt sind, unabhängig davon, ob der Sport für sie Beruf oder Berufung ist, Lebensunterhalt oder Lebensziel. Wir müssen unsere Aufmerksamkeit nur der immer wachsenden Popularität dieser Sportler zuwenden, um zu erkennen, daß es sich nicht mehr um Erfolg handelt, sondern daß eine wahrhaftige Vergötterung sich immer größerer Kreise bemächtigt. Die Zeitungen sprechen von diesen Leuten, ihre Gesichter werden fotografiert (was hat das Gesicht da zu suchen) und erscheinen in den Zeitungen, und es sieht bald so aus, als fehlte wenig, daß diese Leute einen nationalen Besitz darstellen. Es läßt sich noch einsehen, daß eine Nation stolz ist auf ihren Beethoven, Voltaire, Tolstoi (aber was hat die Nation dabei zu suchen), doch daß eine Nation stolz darauf ist, daß die Schenkel von Iwan Zibulkin stärker sind als die von Hans Müller – meinen Sie nicht, meine Herren, daß ein solcher Stolz weniger von der Stärke und der Gesundheit Zibulkins zeugt als von der Debilität und dem krankhaften Zustand der Nation? Denn wenn Zibulkin Erfolg hat – so ist es klar, daß jeder, der ihm mit soviel verdächtiger Bewunderung applaudiert, öffentlich erklärt, und sei es auch nur durch seinen Applaus, daß er mit Begeisterung bereit wäre, die Rolle, die er selbst im Leben spielt, mit derjenigen des Mannes zu vertauschen, dem sein Beifall gilt, und daß wir, je mehr Menschen es gibt, die Beifall spenden, jener Richtung der öffentlichen Meinung desto näher sind und damit der Nation selber, die einen Iwan Zibulkin zu ihrem Ideal wählt und sein möchte wie er, dessen einziger einmütig anerkannter Verdienst seine schrecklich starken Schenkel sind.»

Ich flüstere diese Worte so oft, daß man es nicht mehr zählen kann. Und ich habe Lust, diese Nacht anzuhalten, es geht mir so gut, und in mir ist es so klar, ich bin so maßlos verliebt in dieses Leben, daß ich alles verlangsamen und leise jede einzelne Sekunde anbeten möchte, doch schon läßt sich nichts mehr aufhalten, und diese ganze Nacht vergeht unwiderstehlich und schnell. Ich sehe die Morgendämmerung durch den Spalt zwischen den doppelten Vorhängen. Unter den Augen und in den Schläfen ist Leere und Druck. Alles um mich und in mir bleibt schwerfällig stehen. Die Nase ist eine gefräßige, traurig leere Öffnung bis zum Schlund, und die Atmung kratzt schmerzhaft – ist die Luft zu rauh oder das Naseninnere zu empfindlich geworden? Ich strenge mich an, diesen ganzen moralischen Katzenjammer zu verjagen, der sich immer schwerer auf mich senkt, ich versuche, meine Gedanken, meine Höhenflüge und die Begeisterungen meiner bärtigen Zuhörer zurückzurufen, aber die Erinnerung läßt die gesamte Nacht wieder auftauchen, und ich empfinde eine solche Scham, eine solche Schande, daß ich zum erstenmal rundheraus und aufrichtig keine Lust mehr habe zu leben. Ich suche auf dem

Tisch, wo die Spielkarten verstreut herumliegen, das Briefchen Kokain. Alle Karten sind umgekehrt. Ich breite sie sorgfältig aus, drehe eine um, dann fange ich an, sie durcheinanderzubringen, und dann, sie sinnlos zu zerreißen, und ohne Kokain empfinde ich ein immer größeres Entsetzen vor dieser schrecklichen Verzweiflung, und natürlich ist kein Kokain mehr da. Mik und Zander haben es mitgenommen. Niemand ist im Zimmer. Ich setze mich nicht, ich falle auf die Couch. Zusammengekrümmt atme ich grauenvoll – ich erhebe mich beim Einatmen, und beim Ausatmen falle ich wieder zusammen, als wäre es möglich, mit dieser Luftsäule, die hineingerammt wird, meine Verzweiflung abzukühlen. Und es ist nur das listige Teufelchen in der fernen, tiefen Verborgenheit meines Bewußtseins, dasselbe, das während der größten Gefühlsstürme weiterleuchtet – es ist allein dieser kleine Teufel, der mir sagt, man müsse sich bescheiden, nicht ans Kokain denken; denn wenn ich ans Kokain und sein mögliches Vorhandensein hier im Zimmer denke, so verbittere und quäle ich mich nur noch mehr.

In einer entsetzlichen Traurigkeit, wie ich sie noch niemals empfunden habe, schließe ich die Augen. Langsam und gleichmäßig fängt das Zimmer an zu kippen und sich auf einer seiner Ecken niederzulassen. Die Ecke senkt sich tiefer, gleitet unter mich, steigt hinter mir hoch, taucht über mir auf und stürzt von neuem Hals über Kopf herunter. Ich mache die Augen auf, das Zimmer dreht sich auf der Stelle, und das Drehen bleibt in meinem Kopf. Mein Hals hält es nicht mehr aus, der Kopf fällt mir auf die Brust, im Zimmer stülpt sich das Unterste zuoberst. Mein Hals hält nicht mehr, der Kopf fällt mir auf die Brust und dreht das Zimmer von oben nach unten zurück. «Was haben sie gemacht, was haben sie mit mir gemacht», flüstere ich, und dann, nach einer Pause, die keinen Sinn hat, setze ich hinzu: «Was, na gut, ich bin verloren.» Aber schon ist das kleine listige Teufelchen – dasselbe, das (wenn man nur auf es hört) die glücklichsten Gefühle mit Zweifel vergiftet und die größte Verzweiflung mit Hoffnung lindert –, schon ist dieses kleine, gerissene Teufelchen, das an nichts glaubt, dabei, mir zu sagen: «All deine Worte sind Theater, all das ist nur Theater: was das Verlorensein angeht, du bist nicht verloren, und wenn es dir schlecht geht, gut, zieh dich an und geh an die frische Luft. Du hast hier nichts zu suchen.»

V

Draußen war noch Halbdunkel. Der schmutzig-himbeerfarbene Himmel hing tief. Eine Trambahn überholte mich – in den vereisten Scheiben erschienen ihre leuchtenden Glühbirnen wie flache Orangen.

Ich stellte mir den Wagen widerhallend und vor Frost knisternd vor mit dem sauren Geruch feuchten Tuchs und aneinandergepreßt sitzenden und stehenden Leuten, die die dichten Dämpfe ihres fauligen, morgendlichen Atems einander ins Gesicht bliesen. Vor mir lief ein Greis am Stock. Er blieb oft stehen, stützte seinen Bauch gegen seinen Stock und spuckte ausgiebig mit rasselnder Kehle. Wenn er stehenblieb, um zu husten, betrachteten seine Augen den Schnee, als sähen sie dort etwas Furchtbares. Und jedesmal wenn es ihm gelang, grünliches Zeug auszustoßen, machte mein Hals eine Schluckbewegung, und ich hatte das Gefühl zu verschlingen, was er ausspuckte. Nie hätte ich gedacht, daß der Mensch, daß alle Menschen einen so unendlichen Ekel erzeugen konnten wie den, den ich an diesem Morgen empfand.

An der Ecke fuhr der Wind unter ein Plakat auf der Anschlagsäule. Als ich in diesen Bezirk eindrang, überquerte ein kleines Mädchen die Straße vor einem Lastwagen, dessen Ketten donnerten. Auf dem Gehweg der anderen Straßenseite schien die Mutter vor Schreck versteinert, aber als das Kind unversehrt bei ihr ankam, packte sie es beim Arm, tat ihm weh dabei und schlug es sogleich. Das kleine Mädchen heulte und hatte dabei Augen wie Schlitze und einen viereckigen Mund. Es war ganz klar: die Mutter rächte sich an dem Mädchen für die Angst, die sie wegen ihres eigenen

Fehlers gehabt hatte. Aber wenn das schon das Schönste ist, was es gibt, und worauf der Mensch so stolz ist – die Mutter –, was sind dann erst die anderen Menschen!

Es wurde jetzt heller auf der Straße, und es war schon Morgen, als ich in den Hof trat. Die Einfahrt war frisch gestreut mit hellgelbem Sand, auf dem jemand mit seinen neuen Gummistiefeln pockennarbige Spuren hinterlassen hatte. Das Herren-Gärtchen war vernachlässigt und schmutzig. Der vom Hof hineingeschaufelte Schnee hatte sich angehäuft und die Bäume stark verkürzt. Schwarze, feuchte Bretter lagen dort unordentlich herum, und man konnte darin kaum die in den Schneehaufen gestürzten Sitze der Bänke wiedererkennen.

Matwei reinigte den Türgriff mit Spanisch-Weiß, er bewegte dabei die freie Hand genauso wie die arbeitende, doch als ich näher kam, läutete das Telefon, und er lief zur Kabine. Ich stieg die Treppe empor und öffnete die Tür. Ich warf meine Mütze auf die Ablage unter dem Spiegel – was den Eßzimmtisch mit dem noch vom Vorabend dort stehenden Samowar erzittern ließ –, versuchte leise, über den Flur zu gehen und trat in mein Zimmer.

Im ersten Augenblick war ich erstaunt, daß die Lampe am Fenster noch brannte, und ich versuchte gar, mich zu erinnern, warum ich sie angelassen hatte. Doch da, mühsam sich abstützend auf der Lehne des Sessels, in welchem sie gesessen hatte, erhob sich meine Mutter und kam auf mich zu. Sie sah mir fest in die Augen und näherte sich langsam. Ich hielt ihrem Blick stand, und alles um mich herum wurde schrecklich still. In der Küche tropfte der Wasserhahn – wie Leinen, die aneinanderschlagen. «Dieb», sagte meine Mutter mit kaum bewegten Lippen. Sie flüsterte dieses Wort, aber es klang schrecklich deutlich, und sie zuckte mit keiner Wimper, als ich, ich weiß nicht welcher äußeren Notwendigkeit folgend – die Hand hob und ihr ins Gesicht schlug, eine Tat, die mich schon in demselben Moment entsetzte, als ich sie beging. «Mein Sohn ist ein Dieb», flüsterte sie ruhig und schmerzlich, als dächte sie ganz allein für sich nach; ihr weißer Kopf zitterte schrecklich, und mit erbärmlich hängenden Schultern und Armen ging sie so langsam zur Tür, als wollte sie abwarten, ob ich meine Tat nicht wiederholen wollte.

In den Heizkörpern unter der Fensterbank knallte, zischte und floß etwas. Eine schwere Hitze kam von daher. Über dem Tisch verzehrte sich der gelbe Faden der Glühbirne, ohne Licht zu geben. Meine Nase war geschwollen, ließ kaum den Atem durch. Und hinter dem Fenster begann das Nachbarhaus sich in Falten zu legen; der Schornstein löste sich auf und breitete sich feucht über dem metallischen Himmel aus. Aber ich versuchte nicht, die Tränen zu vertreiben, die meine Augen ertränkten.

VI

Eine halbe Stunde später ging ich zu dem Haus, in dem Jag wohnte. Vor der Haustür stand ein mit Koffern beladener Fiaker. Daneben, gekleidet wie für eine Reise, beschäftigte Jag sich mit seiner Spanierin. Als er mich sah, lief er mir in seinen langen Pelz gehüllt entgegen und umarmte mich. Mit zwei Worten erzählte ich ihm, daß ich zu Hause Ärger gehabt hätte und daß ich sozusagen ohne Unterkunft sei. In der Hochstimmung desjenigen, der verreist, ließ mich Jag nicht einmal alles bis zu Ende erklären, er rief, alles sei perfekt und, mein Gott! es treffe sich sogar gut, und er bot mir an, sofort in sein Zimmer zu ziehen.

Er packte mich energisch bei den Händen, zog mich ins Haus, murmelte dem Zimmermädchen zu, das mit einem Koffer herauskam, während der drei Monate, die er in Kasan bleiben werde, würde ich sein Zimmer bewohnen, und immer noch rennend zog er mich zur Treppe, dann quer durch den Raum zur Tür, steckte den Schlüssel ins Schlüsselloch, stopfte mir ein Bündel Banknoten in die Hand, sagte mit verstimmter Miene immer wieder ni-ni-ni, umarmte mich eilig noch einmal, entschuldigte sich mit der Angst, den Zug zu verpassen, machte ein Zeichen mit der Hand und stürmte davon.

Ich blieb allein zurück, machte die Tür auf und betrat mein neues Logis mit einem eigenartigen Gefühl. Alles war zu schnell abgelaufen, und auf Grund der schlaflosen Nacht fühlte ich mich zerschlagen bis zum Ekel. Im Zimmer herrschte Unordnung, eine Art Vernachlässigung und die Traurigkeit des Abschieds. Auf dem Tisch lagen schmutzige Teller, die Reste eines Mahls, Brotstücke. Ich nahm einen Kanten, aber kaum hatte ich ihn im Mund, schluckte ich ihn, ohne zu kauen, hinunter, und ich fühlte eine beispiellose Leere mit einer luftigen, schwankenden Leichtigkeit in den Schläfen. Zum erstenmal nach dem Kokain wußte ich, was Hunger ist, und ich machte mich gierig ans Essen, riß mit den Fingern fettiges Fleisch herunter – Hals und Hände zitterten, als fiele ich in Ohnmacht – ich stopfte mir den Mund voll, schlang, schob von neuem nach, hatte Lust zu brüllen und gleichzeitig das Gefühl eines kleinen, verrückten, nervösen Lachens angesichts dieser Lust. Als ich fertig war mit dem Essen und sofort schwer von Schlaf – dabei hätte ich noch mehr verschlingen können –, schleppte ich mich zum Diwan, legte mich hin, und sofort verkrampfte sich etwas sanft und bewegungslos in meinen ausgestreckten Beinen. Und ich träume, daß meine kleine unglückliche Mutter in ihrem zerrissenen Pelz durch die Stadt läuft und mich mit ihren trüben und erschreckten Augen sucht.

BETRACHTUNGEN

I

Als ich am nächsten Tag meinen Rausch ausgeschlafen hatte, ging ich sofort wieder zu Hirge und kaufte anderthalb Gramm Kokain bei ihm – und so ging es Tag für Tag weiter. Aber kaum habe ich diese Worte geschrieben, stelle ich mir mit äußerster Klarheit das verächtliche Lächeln auf dem Gesicht desjenigen vor, der diese traurigen Memoiren finden wird.

Ich fühle nämlich, daß für ein normales Wesen diese Worte oder vielmehr meine Handlungen, die die Macht des Kokain vermitteln sollten, mit sehr viel mehr Wahrscheinlichkeit meine eigene Schwäche charakterisieren und damit notwendigerweise ein Zurückweichen hervorrufen; ein verächtliches, erniedrigendes Zurückweichen, das selbst der empfänglichste Gesprächspartner zeigt, sobald er sich bewußt wird, daß diese ganze Abfolge von Umständen, die die Existenz des Erzählers zugrunde gerichtet hat, sein eigenes Leben auf gar keinen Fall (vorausgesetzt, ihm wäre etwas Ähnliches passiert) hätte stören oder vernichten können.

All das sage ich ausgehend von der Tatsache, daß ich ohne diese erste Erfahrung mit dem Kokain dieselbe Verachtung empfunden hätte, aber erst jetzt, da ich den Weg meines Verderbens einschlage, weiß ich, daß eine solche Verachtung weniger wegen der Verherrlichung meiner eigenen Persönlichkeit in mir entstanden wäre als auf Grund der Unterschätzung des Kokains. Wie aber und worin zeigt sich diese Macht?

II

Während der langen Nächte und Tage, die ich in Jags Zimmer unter Kokain zugebracht habe, kam es mir in den Sinn, daß für den Menschen nicht die Ereignisse, die ihm widerfahren, wichtig sind, sondern nur der Widerhall dieser Ereignisse in seinem Bewußtsein. Wenn sich die Ereignisse ändern, so ist diese Veränderung nicht und nichtig in dem Maße, wie sie von seinem Bewußtsein nicht reflektiert wird. Ein Mann zum Beispiel, der von der Bedeutung seines Vermögens überzeugt ist, fühlt sich auch weiterhin reich, solange er nicht weiß, daß die Bank, die sein Kapital verwahrt, Konkurs gemacht hat. So erfreut sich auch ein Vater weiterhin des Lebens seines Kindes, wenn die Neuigkeit, daß es überfahren worden und daß es tot ist, noch nicht bei ihm angekommen ist. Der Mensch erlebt also nicht die Ereignisse der Welt, die ihn umgibt, sondern die Widerspiegelungen dieser Ereignisse in seinem Bewußtsein.

Das gesamte Leben des Menschen, all seine Arbeit, seine Taten, sein Wille, seine physische und geistige Kraft, all das wird einzig und allein eingesetzt, um irgendein Ereignis in der äußeren Welt hervorzurufen, aber nicht um dieses Ereignisses willen, sondern nur, um die Rückwirkung dieses Ereignisses in seinem Bewußtsein zu empfinden. Und fügt man alldem hinzu, daß der Mensch in diesem Bestreben die Ausführung nur derjenigen Taten zu erreichen sucht, die, in seinem Bewußtsein reflektiert, eine Empfindung der Freude und des Glücks hervorrufen, so enthüllt sich plötzlich von selbst dieser ganze Mechanismus, der das Leben ausnahmslos jedes Menschen leitet, sei er nun schlecht und grausam oder gut und mitfühlend.

Anders gesagt, wenn der eine Mensch die zaristische Macht zu stürzen sucht und ein anderer die revolutionäre Macht, wenn der eine sich bereichern und der andere seine Reichtümer unter die Armen verteilen will, so zeugen all diese widersprüchlichen Tendenzen nur von der Mannigfaltigkeit der menschlichen Aktivität, die im besten Fall (und auch das nicht immer) zur Charkateristik jeder einzelnen Persönlichkeit dienen könnte; was aber die Ursache der menschlichen Aktivität angeht, wie unterschiedlich sie auch immer sei, so entspricht sie immer dem Bedürfnis, in der äußeren Welt Taten von der Art zu vollbringen, daß sie, im Bewußtsein widergespiegelt, eine Empfindung von Glück hervorrufen.

So war es auch in meinem kleinen Leben. Der Weg zum äußeren Ereignis war vorgezeichnet: ich wollte ein berühmter und reicher Anwalt werden. Es schien, daß ich diesen Weg nur einschlagen und ihm folgen mußte, um so mehr, als viele Dinge (wie ich mir selbst einzureden versuchte) für mich günstig lagen. Aber es war eigentümlich. Je mehr Zeit ich verwandte, mir den Weg zum ersehnten Ziel zu bahnen, desto öfter widerfuhr es mir, mich in der Dunkelheit meines Zimmers auf dem Diwan auszustrecken und mir auf der Stelle vorzustellen, daß ich schon alles war, was ich zu werden wünschte: mein Hang zur Trägheit und zum Traum überzeugten mich, daß die Ausführung all dieser äußeren Taten diesen ungeheuren Aufwand an Zeit und Mühe nicht verdienten und ihn nicht lohnten, und sei es auch nur, weil das Glücksempfinden sehr viel stärker gewesen wäre, wenn die Verwirklichung der äußeren Ereignisse, die es hervorriefen, schneller und unerwarteter vonstatten gegangen wäre.

Aber die Macht der Gewohnheit war schon dergestalt, daß ich selbst in meinen Glücksträumen nicht vornehmlich an die Empfindung des Glücks dachte, sondern an die und die Tatsache, die (wenn sie sich verwirklichte) mir diese Empfindung verschaffen würde, und ich war schon nicht mehr fähig, diese beiden Elemente voneinander zu trennen. Selbst in den Träumen war ich gezwungen, mir vor allem irgendein großartiges Ereignis meines zukünftigen Lebens vorzustellen, und erst danach, durch das Bild dieses Ereignisses, war ich in der Lage, freudig die Empfindung dieses Glücks in mir aufsteigen zu lassen.

Bis zu meinem ersten Kontakt mit dem Kokain nahm ich an, das Glück sei etwas Ganzheitliches, während in Wirklichkeit jedes menschliche Glück die raffinierte Verbindung zweier Elemente ist: 1. die physische Empfindung des Glücks, 2. das äußere Ereignis, das der psychische Auslöser dieses Glücksgefühls ist.

Und erst, als ich das erste Mal Kokain nahm, sah ich klar. Ich sah deutlich, daß dieses äußere Ereignis, das ich zu erreichen träumte, für dessen Verwirklichung ich arbeitete, mein Leben vergeudete und das ich am Ende vielleicht niemals erreichen würde –: daß dieses Ereignis für mich nur in dem Maße notwendig war, wie es, reflektiert von meinem Bewußtsein, ein Glücksgefühl in mir hervorrufen würde. Und wenn eine winzige Fingerspitze voll Kokain dies Glücksgefühl in meinem Organismus augenblicklich und mit bis dahin nicht gekannter Macht erregte, so fiel die Notwendigkeit eines irgendwie gearteten Ereignisses von selber in sich zusammen, und folglich hatten die Arbeit, die Mühe und die Zeit, die man zu seiner Verwirklichung einsetzen mußte, überhaupt keinen Sinn mehr.

Ein physisches Glücksempfinden hervorzurufen, psychisch unabhängig von äußeren Ereignissen, diese Fähigkeit des Kokains war für mich wichtig, selbst dann, wenn diese Ereignisse eigentlich Niedergeschlagenheit, Verzweiflung und Unglück hätten hervorrufen müssen, gerade diese Fähigkeit des Kokains war es, die eine so schrecklich anziehende Gewalt besaß, daß ich ihr keinen Kampf oder Widerstand entgegensetzen konnte, ja, es nicht einmal wollte.

Ich hätte in einem einzigen Fall gegen das Kokain kämpfen und ihm widerstehen können: wenn das Glücksempfinden bei mir weniger von der Verwirklichung äußerer Ereignisse bestimmt gewesen wäre als von der Arbeit, der Mühe und den Anstrengungen, die man hätte aufbringen müssen, um es zu erreichen. Aber das gab es nicht in meinem Leben.

III

Es versteht sich, daß das, was ich weiter oben über das Kokain gesagt habe, nicht als eine allgemeine Meinung genommen werden darf, sondern nur als die eines Mannes, der kaum mit dem Schnupfen angefangen hat. Ein solcher hat wirklich den Eindruck, daß die grundlegende Eigenart des Kokains darin besteht, das Glücksgefühl zu verschaffen; es ist wie bei einer Maus, die der Falle entgeht: sie glaubt, das Charakteristische der Mausefalle sei das Stück Speck, das sie gern fressen möchte.

Das schreckliche Phänomen, das unweigerlich auf die stundenlange Wirkung des Kokains folgte, war die quälende, unausweichliche und furchtbare Reaktion (oder wie die Mediziner sagen: die Depression), die sich meiner sofort bemächtigte, wenn das letzte Briefchen verbrannt war. Diese Auswirkung dauerte lange, nach der Uhr hielt sie ungefähr drei, manchmal vier Stunden an, und sie stellte sich dar als tödliche Niedergeschlagenheit, die so finster war, daß, wenn die Vernunft sagte, in einigen Stunden sei sie verflogen, die Sinne nicht daran glaubten.

Es ist wohlbekannt, daß der Mensch unter der Einwirkung seiner Emotionen weniger fähig zur Hellsicht ist. Solange ich unter der Wirkung des Kokains stand, waren die Reaktionen, die es hervorrief, dermaßen stark, daß meine Fähigkeit, mich selbst zu beobachten, auf eine Stufe zurücksank, vergleichbar derjenigen, die man bei gewissen Geisteskranken bemerkt.

Nichts zügelte mehr die Gefühle, von denen ich dann besessen war. Sie zeigten sich in meinem Gesicht, in meinen Gesten und in meinen Taten mit totaler Offenheit. Unter

Kokainwirkung wuchs mein fühlendes Ich zu einer so gewaltigen Größe an, daß das selbstbeobachtende Ich aufhörte, seine Arbeit zu tun. Aber kaum war die Wirkung geschwunden, kam das Entsetzen: ich fing an, mich zu sehen, wie ich unter Drogeneinwirkung gewesen war. Und furchtbare Stunden kamen auf mich zu. Der Körper sank schwer in die erbitterte Verzweiflung einer unaussprechlichen Niedergeschlagenheit zurück, die Nägel bohrten sich in die Haut, die Erinnerung baute, wie würgende Übelkeit, alles wieder vor mir auf, und ich sah – ich konnte nicht NICHT sehen – die finstere Schmach.

Bis ins kleinste Detail kam alles ins Gedächtnis zurück. Mein eiskalter Standort nahe der Tür dieses stillen Zimmers nach einer Prise mitten in der Nacht, in der idiotischen, aber unkontrollierbaren Angst, daß jemand käme, hier einträte und meine grauenhaften Augen sähe. Und mein Anschleichen wie ein Wolf, das Stunden zu dauern schien, an das schwarze Fenster heran mit den hochgezogenen Vorhängen, durch das jemand einen grauenhaften Blick werfen würde, sobald ich ihm den Rücken kehrte – während ich doch weiß, daß das Zimmer in der zweiten Etage liegt. Und ich lösche die Lampe, weil ihr Licht zu hell ist und wie Lärm stört und Leute anzieht, und schon schleicht sich jemand, wie mir scheint, über den Flur zu meiner dünnen, zerbrechlichen Tür. Und die Zeit, die ich auf dem Diwan liege mit verkrampftem Hals und aufgerichtetem Kopf, als würde seine Berührung mit dem Kissen einen Lärm machen, der das ganze Haus aufwecken würde, während die gequälten, schmerzenden Augen in der Angst, an etwas Spitzes zu stoßen, die rote, vibrierende Dunkelheit durchdringen. Und der Lärm des Streichholzes, das die eisig fröstelnde Hand so ängstlich an der Schachtel anreißt, daß es kein Feuer fängt; und, als das Feuer nach verzögertem Zischen endlich hervorschießt, der Körper, der wie irrsinnig zurückschreckt;

und das Streichholz, das auf den Diwan fällt. Und alle zehn Minuten das Bedürfnis nach einer neuen Prise, wenn die während der Nacht abgemagerten Hände auf dem unsichtbaren Papier, das sich aber irgendwo auf dem Diwan befindet, zitternd das Kokain mit dem stumpfen Ende der Stahlfeder zusammenschaben, von der aber – obwohl sie (mit zittriger Hand ins Schwarze gehoben) schon ganz nahe am Nasenloch bebt – nichts sich einatmen läßt und in die Nase gelangt, weil die Feder seit dem letztenmal feucht geworden und das Kokain rundherum festgeklebt und hart geworden ist und nur sauren Rost abläßt. Und dann das Morgengrauen und die immer klarere Erscheinung der Dinge, die die Muskeln kein bißchen entspannt, sondern im Gegenteil eine immer größere Verkrampfung der Bewegungen und des ganzen Körpers hervorruft, weil die Dunkelheit, die den Körper eingehüllt und wie eine Decke versteckt hatte, fehlt – jetzt, wo das Gesicht und die Augen in diesem weißen Licht gesehen werden können. Und die unzähligen Alarmrufe der Blase, wenn es nach Überwindung der ängstlichen Erstarrung des Körpers notwendig geworden war, hier, im Zimmer selbst, auf den Topf zu gehen, und wenn der ungeheure Lärm, der das ganze Haus zu überschwemmen schien, die eisigen Zähne zusammenpreßte. Und dann, von schrecklichen Kälteschaudern geschüttelt, in einer ungewöhnlich scharfen, klebrigen, stinkenden Klammheit, stieg ich im Dunkeln auf die Couch wie auf einen vereisten Berg, und manchmal verharrte ich starr vor Angst, das Knie in eine knarrende Sprungfeder gedrückt, bis zur nächsten Notdurft. Und danach am Morgen das Lecken an der verrosteten Feder, das trockene Einfliegen einer frischen Prise aus einem neuen Päckchen, das leichte Drehen im Kopf und der Ekel in der Glückseligkeit und der Horror des ersten fremden Lautes der Leute, die im Haus aufgewacht waren. Und schließlich das Pochen an der Tür, in Abständen, rhythmisch, nachdrücklich, und mein Husten, der meinen vom Diwan hochgereckten, schwitzenden Körper erschüttert und der nötig ist, um meine eingeklemmte Stimme herauszureißen, und dann diese (trotz des Schreckens) vor Glück zitternde Stimme – «Was wollen Sie, wer ist da» – und von neuem das nachdrückliche Klopfen, unbeantwortet, unerbittlich, und plötzlich das augenblickliche Versetzen der Schläge, denn vor dem Fenster wird Holz gespalten.

Sobald das Kokain aufgebraucht war, kamen jedesmal sofort diese Visionen, diese bebilderten Erinnerungen an das, was ich gewesen oder scheinbar gewesen war, an mein seltsames Verhalten, und zusammen mit den Erinnerungen die wachsende Gewißheit, daß ich bald, sogar sehr bald, wenn nicht morgen, dann in einem Monat, und wenn nicht in einem Monat, so in einem Jahr, in einer Irrenanstalt enden würde. Jedesmal vergrößerte ich die Dosis und trieb sie oft bis auf dreieinhalb Gramm, was die Wirkung auf, sagen wir, 27 Stunden verlängerte. Aber diese Unersättlichkeit auf der einen Seite und der Wunsch, die schrecklichen Stunden der Nachwirkung hinauszuzögern, auf der anderen, bewirkten, daß nach dem Kokaingenuß die Erinnerungen immer grauenhafter wurden. Was immer der Grund sein mochte – die Erhöhung der Dosis oder die Zerrüttung meines Organismus durch das Gift oder beides auf einmal –, diese äußere Umhüllung, die dank des Kokains Glück absonderte, wurde immer erschreckender. Gewisse eigenartige Manien ergriffen eine Stunde nach der ersten Prise von mir Besitz: wenn manchmal keine Streichhölzer mehr in der Schachtel waren, die Manie, alles durchzuwühlen, Möbel zu verrücken, Tischschubladen auszuleeren, alles abzusuchen, obgleich ich wußte, daß es keine Streichhölzer im Zimmer mehr gab, aber trotzdem suchte ich endlos lange weiter, ohne Unterlaß und wollüstig. Manchmal war es quälende Angst, ein Entsetzen, das von der Tatsache verstärkt wurde, daß ich selbst nicht wußte, wovor und vor wem ich Angst hatte, und dann kauerte ich stundenlang in wildem Schrecken an der Tür, innerlich zerrissen zwischen dem unerträglichen Bedürfnis nach einer neuen Prise des Kokains, das ich auf der Couch hatte liegenlassen, und der Angst, die Tür, an der ich lauerte, auch nur für einen Augenblick ohne Aufsicht zu lassen. Oft packten mich diese Manien in dieser letzten Zeit urplötzlich – wenn die Nerven den äußersten Grad der Anspannung erreichten –, einmal geschah es, daß im Flur (es war tiefste Nacht, alles im Haus schlief, aber ich lauerte mit dem Ohr am Türspalt), irgend etwas einen ungeheuren Krach machte, wie es nachts vorkommt, und gleichzeitig erhob sich in der Dunkelheit meines Zimmers ein langanhaltendes Gebrüll, und einen Augenblick später begriff ich, daß ich es war, der brüllte, und daß es meine eigene Hand war, die mir den Mund verstopfte.

IV

Eine fürchterliche Frage lastete während dieser ganzen Kokainperiode auf mir. Die Frage war erschreckend, weil die Antwort, die sie heraufbeschwor, entweder eine Sackgasse bedeutete oder aber den Weg zur schrecklichsten aller Weltanschauungen. Und diese Weltanschauung stellte eine Beleidigung für den zarten und reinen Begriff dar, den nicht einmal der letzte aller Halunken (im Zustand der Ruhe und der Aufrichtigkeit) je beleidigt hatte: die menschliche Seele.

Wie es oft passiert, entstand diese Frage anläßlich einer Bagatelle. Was ist Ungewöhnliches daran, daß der Mensch unter Einwirkung von Kokain edle, hochmenschliche Gefühle empfindet (eine übertriebene Herzlichkeit, eine außerordentliche Güte etc.), daß er aber, kaum hört die Wirkung des Kokains auf, von bestialischen und niedrigen Gefühlen besessen ist (Wut, Bösartigkeit, Grausamkeit)? Es scheint, daß an dieser Aufeinanderfolge von Gefühlen nichts Besonderes ist – es war jedoch gerade diese Abfolge, die die fatale Frage auslöste.

Daß das Kokain in mir die besten Gefühle wachrief, konnte ich aus seiner narkotischen Wirkung erklären. Aber wie die anderen Gefühle erklären? Wie die Unausweichlichkeit erklären, mit der in mir im nachhinein die gemeinsten, die bestialischsten Gefühle zum Vorschein kamen? Wie sollte ich diese Erscheinung erklären, deren unfehlbare und absolute Unveränderlichkeit mich auf den Gedanken brachte, daß meine humansten Gefühle durch einen Faden mit meinen schlechtesten Gefühlen verbunden seien und daß die Grenz-Spannung, und also das Aufbringen der einen Gefühle das Auftreten der anderen nach sich zog, wie bei einer Sanduhr, wo die Leere der einen Kugel der Auffüllung der anderen entspricht.

Und hier tauchte die Frage auf: ist eine solche Aufeinanderfolge von Gefühlen einfach eine besondere Charakteristik des Kokains, die es meinem Organismus aufzwingt, oder aber ist diese Reaktion eine Eigenschaft meines Organismus, die unter Kokain nur um vieles deutlicher wird?

Die bejahende Antwort auf den ersten Teil der Frage bedeutete eine Sackgasse. Die bejahende Antwort auf den zweiten Teil warf eine Menge anderer Fragen auf. Denn es ist klar, wenn ich meinen Gefühlen eine derart starke Reaktion zuschrieb (durch die Kokainwirkung einfach nur schonungsloser freigelegt), so war ich dadurch gezwungen anzuerkennen, daß auch ohne Kokain und unter völlig anderen Umständen der Höhenflug meiner guten Gefühle (als Reaktion) nur Aufforderungen zur Bestialität nach sich ziehen würde.

Ich fragte mich: ist die menschliche Seele nicht so etwas wie eine Schaukel, die, wenn sie einen Stoß in Richtung Humanität erhalten hat, schon allein durch die Tatsache dieses Stoßes dazu bestimmt ist, zur bestialischen Seite zu schwingen?

Ich versuchte, ein einfaches, alltägliches Beispiel zu finden, das diese Annahme bestätigt hätte, und ich glaube, daß es mir gelang.

Nehmen wir einen sensiblen jungen Mann, Iwanow. Er sitzt im Theater. Um ihn herrscht Dunkelheit. Wir sind im dritten Akt eines rührseligen Stücks. Die Schurken sind dabei zu triumphieren und befinden sich, wohlverstanden, gerade deshalb am Rande des Abgrunds. Die tugendhaften Helden sind in einer verzweifelten Lage, anders gesagt, sie stehen, wie es sich gehört, an der Schwelle zum Glück. Alles nähert sich dem glücklichen und gerechten Ende, das die edle Seele Iwanows ersehnt, und sein Herz schlägt leidenschaftlich.

Der kristallklare Schauder seiner vornehmsten Gefühle verstärkt sich unter dem erhebenden Einfluß der dramatischen Handlung, unter der Zuneigung, die er für diese – ehrbaren, großartigen – Muster an Menschlichkeit empfindet, die er auf der Bühne sieht und deren Glück ihn einnimmt. In diesen Momenten der Glückseligkeit kann er keine kleinliche, alltägliche Berechnung, so scheint es ihm, keine Lüsternheit, keine Wut empfinden. Er sitzt mit glühendem Gesicht in der unangetasteten Stille des dunklen Saales, und freudig spürt er, daß seine Seele wonnig schmachtet in dem leidenschaftlichen Bedürfnis nach einem unverzüglichen Opfer im Namen der höchsten menschlichen Ideale.

Aber da fängt in dieser von menschlichen Emotionen gesättigten Dunkelheit des Theaters Iwanows Nachbar plötzlich an zu husten wie ein Hund. Iwanow sitzt daneben, und dieses schleimspuckende Geräusch fährt aufdringlich in seine Ohren, und da fühlt er, daß etwas Schreckliches, Tierisches und Trübes in ihm aufsteigt und ihn übermächtigt. «Der Teufel soll Sie holen mit Ihrem Husten», sagt Iwanow endlich, unfähig, sich zu beherrschen und giftig zischend wie eine Schlange. Er spricht diese Worte unter dem fürchterlichen, ungewohnten Druck eines Hasses aus, der ihn berauscht, und obgleich er weiter zur Bühne sieht, sind seine Wut und seine Raserei derart, daß sie ihn erst einmal daran hindern, auch nur ein einziges Wort des Stückes zu verstehen. Obgleich Iwanow still sitzen bleibt und seine vorherige Stimmung wiederzufinden sucht, so spürt er doch sehr deutlich, daß einen Augenblick zuvor ein einziger, schwer zurückhaltender Wunsch in ihm war: diesen Nachbarn zu zerstören, ihn zu schlagen wegen seines unerträglichen Hustens.

Und hier stelle ich mir die Frage: was war der Grund der plötzlichen Grausamkeit des jungen Iwanow? Die alleinige

Antwort: die extreme Erregung der edelsten Gefühle in seiner Seele. Aber vielleicht war es das nicht, sage ich mir, vielleicht war der Grund seiner Wut das Husten seines Nachbarn. Nur leider ist das nicht möglich! Hätte sich dieser von Husten geplagte Nachbar in einer Straßenbahn oder sonstwo befunden (wo der Seelenzustand etwas anders gewesen wäre), er hätte auf keinen Fall dieselbe Wut bei dem guten Iwanow hervorgerufen. So ist der Husten also in dem gegenwärtigen Fall nur der Vorwand zur Entfesselung eines Gefühls, daß in seiner seelischen Befindlichkeit schon angelegt war.

Doch was für eine seelische Befindlichkeit ist das? Nehmen wir an, wir hätten uns getäuscht, indem wir ihm erhabene Gefühle unterstellten. Wollen wir also versuchen, Iwanow all die anderen Gefühle zuzuschreiben, für die der Mensch im Theater empfänglich ist. Wir können dieses Experiment um so leichter durchführen, wenn wir die Nuancen beiseite lassen: die Liste dieser Gefühle ist nicht sehr lang. Man kann annehmen, daß der im Theater sitzende Iwanow 1. wütend war, 2. sich langweilte.

Aber wenn Iwanow schon in Wut geraten war, erbost über die Schauspieler wegen ihres schlechten Spiels oder den Autor wegen der Unmoral des Stücks oder sich selbst, weil er seinen letzten Heller so schlecht angelegt hatte – hätte er dann diesen Haßanfall gegen seinen hustenden Nachbarn gehabt? Sicherlich nicht. Im schlimmsten Fall hätte er sich geärgert, vielleicht hätte er gemurmelt: «Oh, jetzt auch noch Sie mit ihrem Husten!», aber dieser Ärger wäre sehr weit entfernt gewesen von dem Wunsch, einen Menschen zu schlagen, zu zerstören und ihn zu hassen. Also muß die Annahme, daß Iwanow schon vor dem Husten mehr oder minder wütend war und daß diese Wut in ihm den Ausbruch eines heftigen Hasses bewirkt hätte, ausgeschlossen werden.

Versuchen wir uns dagegen vorzustellen, daß Iwanow sich langweilte, daß er Gleichgültigkeit empfand. Das aber kann gar nicht sein. Wenn sich nämlich seine Seele in einem Zustand kalter Gleichgültigkeit befunden hätte, wenn Iwanow sich beim Zuschauen gelangweilt hätte, hätte er dann den Wunsch gehabt, seinen Nachbarn zu schlagen, nur weil der gehustet hatte? Er hätte diesen Wunsch überhaupt nicht gehabt, es ist sogar möglich, daß er diesen leidenden Menschen bedauert hätte.

Um mit Iwanow zu einem Ende zu kommen, müssen wir eine bedauerlich Lücke in unserer Aufzählung der Gefühle schließen, die ein Mann im Theater haben kann. Denn wir haben die Lachlust nicht erwähnt (die häufig unter der Einwirkung der dramatischen Handlung entsteht). Nun, dieses Gefühl ist für unser Beispiel wichtig, denn es schließt vollkommen die Annahme aus, daß die Wut Iwanows auf seinen Nachbarn legitim sein könnte. Der Husten, könnte man sagen, hinderte ihn, die amüsanten Dialoge der Schauspieler zu verstehen. Aber bei seiner Lust zu lachen, wären sie weniger interessant gewesen, als wenn es sich um ein Drama gehandelt hätte. In gar keinem Fall jedoch hätten irgendein Husten, irgendein Schneuzen oder andere Geräusche, selbst wenn diese ihn gestört hätten, in ihm den Wunsch zu prügeln wachgerufen. So kommen wir zwangsläufig auf die ursprüngliche Annahme zurück. Wir müssen uns damit abfinden anzuerkennen, daß nur die größte Erregung der Seele, und bei Iwanow das Erzittern der allerhumansten, für eine Selbstaufopferung äußerst günstigen Empfindungen die Ursache für das Auftreten einer wilden Verärgerung sind.

Der hier beschriebene Zwischenfall in einem Theater kann wohlgemerkt kaum den Leichtgläubigsten unter uns überzeugen. Denn wäre es angemessen, von der Natur der menschlichen Seele im allgemeinen zu sprechen und als

Beispiel nur die Wut eines einzigen Iwanow anzuführen, während es eben hier, im Theater, fast tausend Personen sind, die genau wie dieser Iwanow unter der Einwirkung der dramatischen Handlung mehrere Stunden erhöhter Spannung erlebt haben. Indessen genügt es, während der Pause oder am Ende des Stücks die Gesichter dieser Leute anzuschauen, und wir werden leicht überzeugt sein, daß sie keineswegs wütend sind.

Auf den ersten Blick scheint dieser Umstand unsere Erklärung zu erschüttern. Wir haben die Annahme geäußert, daß die Erregung der allerhumansten Gefühle beim Menschen eine Bereitschaft zur Wut, zum Herauslassen der niederen Instinkte hervorruft. Und jetzt haben wir hier vor uns die Masse der Zuschauer, die die Erregung all dieser Gefühle unter dem Einfluß der dramatischen Handlung empfunden haben: wir beobachten ihre Gesichter in dem Augenblick, da das Licht angeht, und vor allem dann, wenn sie das Theater verlassen, finden jedoch in ihnen nicht einmal den Schatten einer Raserei. Das ist unser Eindruck; versuchen wir jedoch, uns nicht damit zufriedenzugeben. Versuchen wir, die Frage anders zu stellen und folgendes festzuhalten: erklärt sich die Abwesenheit eines irgendwie gearteten tierischen Instinkts bei den Zuschauern nicht einfach aus der Tatsache, daß dieser Instinkt bei ihnen in genau derselben Art befriedigt worden ist, wie es bei Iwanow der Fall gewesen wäre, wenn er seinen Nachbarn hätte schlagen können?

Es ist vollkommen klar, daß die theatralische Handlung beim Zuschauer Mitleid und die Erregung edler Gefühle erzeugt, wenn an dieser Handlung Personen mit empfindsamem Herzen teilnehmen, ehrbar und ergeben. Zumindest wird die Teilnahme dieser Personen von denjenigen Zuschauern so aufgenommen, deren Seele die spontanste und am leichtesten zu bewegende ist und an der man also am deutlichsten die wahre Natur der seelischen Bewegungen erkennen kann. Auf der Bühne werden neben den engelgleichen Personen notwendig Bösewichter dargestellt. Und so fragt man sich: absorbiert die blutige Bestrafung der Bösewichter, die am Ende des Stücks immer im Namen der Vernunft geschieht, nicht die animalischen Instinkte, die in uns entstanden sind, und verlassen wir nicht aufgeheitert das Theater darum, weil diese niederen Instinkte Genugtuung erfahren haben? Wahrlich, wer von uns könnte nicht die Wollust eingestehen, die wir empfinden, wenn im vierten Akt der tugendhafte Held sein Messer in das Herz des Verbrechers pflanzt? «Erlauben Sie, aber –» könnte man uns antworten – «das ist Gerechtigkeitsgefühl.» Man kann das nicht leugnen. Ja, tausendmal ja, es ist Gerechtigkeitsgefühl. Genau dies: das göttliche Gefühl der Gerechtigkeit, das den Menschen groß macht. Doch bis wohin hat uns die leidenschaftliche Erregung dieses hohen Gefühls geführt? Bis zur Lust am Töten, bis zur bestialischen Raserei. «Aber gegen Verbrecher», wird man zurückgeben. Das ist unwichtig. Was zählt: Lust zu verspüren beim Anblick von menschlichem Blut, das vergossen wird, ist nur möglich, wenn man Blutdurst, Raserei, Haß empfindet und wenn diese widerwärtigen Gefühle in unserer Seele aufgetaucht sind, weil das Gefühl der Liebe für den unglücklichen und sanftmütigen Helden angerührt worden ist, wenn diese wilde Bestialität ganz heimlich und verstohlen aus der Erregung unserer edelsten Gefühle hervorgegangen ist, die das Theater neu belebt hat – zeigt nicht schon dies mit einiger Deutlichkeit die erschreckende Natur unserer Seele?

Und in der Tat, man müßte uns auf dem Theater nur Stücke zeigen, in denen die Bösewichter nicht bestraft würden, sondern im Gegenteil triumphierten; man müßte Stücke zeigen, in denen die Bösen Sieger wären und die Guten die Opfer – und Sie würden feststellen, daß solche Stücke uns auf die Straße treiben und uns zur Revolte, zur Rebellion, zum Aufstand führen würden. Auch hier würden Sie vielleicht behaupten, daß wir im Namen der Gerechtigkeit revoltierten. Nun, Sie hätten recht, Sie hätten vollkommen recht. Aber schauen Sie uns an, wenn wir hinausgehen, um zu rebellieren, fortgerissen von den humansten Gefühlen, betrachten Sie aufmerksam unsere Gesichter, unsere Lippen und vor allem unsere Augen, und wenn Sie nicht einsehen wollen, daß Sie wütende Tiere vor sich haben, so gehen Sie uns dennoch lieber aus dem Weg, und zwar so schnell wie möglich, denn Ihre Unfähigkeit, einen Menschen von einem Tier zu unterscheiden, kann Sie das Leben kosten.

Und hier reift spontan eine Frage: diese Stücke, in denen das Laster triumphiert und die Tugend verhöhnt wird – diese Stücke sind wahrheitsgetreu, sie sind das wahre Leben, so spielt es sich ab im Leben, die Bösen gewinnen, die Besten gehen unter – aber warum bleiben wir im Leben ruhig, wenn wir all das sehen, während dasselbe Bild des uns umgebenden Lebens uns empört und wütend macht, sobald es auf dem Theater gezeigt wird? Ist es nicht merkwürdig, daß dasselbe Bild, das vor den Augen ein und desselben Menschen abläuft, ihn in einem Fall ruhig und gleichgültig läßt (im Leben) und im anderen Fall (im Theater) Empörung, Revolte und Wut aufkommen läßt? Und wäre dies nicht der offenkundige Beweis, daß die Ursache solcher Gefühle, mit welchen wir auf äußere Ereignisse reagieren, nicht im Charakter dieser Ereignisse gesucht werden muß, sondern ganz und gar im Zustand unserer Seelen? Eine solche Frage ist sehr wichtig, und es ist angebracht, sie genau zu beantworten. Alles erklärt sich ohne Zweifel aus der Tatsache, daß wir im Leben feige und nicht aufrichtig sind; im Leben sind wir vor allem mit unserem persönlichen Wohlbefinden beschäftigt, und deshalb schmeicheln wir ihnen, unterstützen und verkörpern sie manchmal sogar selbst – all diese Schurken und Aggressoren, deren Taten im Theater bei uns eine so furchtbare Entrüstung wachrufen. Im Theater verschwindet diese eigennützige Seite aus unseren Seelen, dieses feige kleine Streben nach irdischen Gütern, auf dem Theater verletzt nichts Persönliches den Adel und die Rechtschaffenheit unserer Gefühle, im Theater werden wir besser und reiner. Die schönsten Gefühle von Gerechtigkeit, Vornehmheit und Menschlichkeit leiten dort völlig unser Sehnen und unsere Sympathien. Und an dieser Stelle drängt ein schrecklicher Gedanke sich auf. Der Gedanke, daß wir im Leben nur deshalb nicht rebellieren, uns nicht empören, nicht revoltieren, nicht ganz zu Tieren werden, nicht die Mitmenschen im Namen der mißachteten Gerechtigkeit töten, weil wir feige, verdorben, gierig und ganz allgemein schlecht sind, daß aber, wenn im Leben wie im Theater, in uns unsere menschlichsten Gefühle entfacht würden, wir im Leben besser geworden wären, leidenschaftlich erregt vom Schauder der Gerechtigkeitsgefühle und der Liebe zu den Armen und Schwachen in unseren Seelen, daß wir dann eine Unmenge von Verbrechen, Bluttaten, Folterungen, rächenden Attentaten vollbracht oder zu vollbringen den Wunsch gehabt hätten (was ganz entschieden aufs gleiche hinausläuft, solange wir von den Bewegungen der Seele sprechen), und zwar solcherart, wie kein Verbrecher sie bisher mit dem Ziel der Gewinnsucht und der Bereicherung verübt hat noch hat verüben wollen.

Und von selbst erhebt sich in uns der Wunsch, uns an alle zukünftigen Propheten der Menschheit zu wenden und ihnen zu sagen:

«Liebe und gute Propheten! Rührt uns nicht an, entzündet nicht in unseren Seelen die großen, menschlichen Gefühle und macht keinerlei Versuch, uns zu bessern. Denn seht, solange wir schlecht sind, begnügen wir uns mit kleinen Feigheiten; wenn wir besser werden, töten wir.

Begreift doch, ihr guten Propheten, daß es gerade die in unseren Seelen angelegten Gefühle von Menschlichkeit und Gerechtigkeit sind, die uns zwingen, uns zu empören, zu revoltieren und in Wut zu geraten. Begreift, daß wir uns nicht empören und nicht revoltieren würden, wenn wir diese Gefühle nicht besäßen. Begreift doch, daß es weder Gemeinheit noch Hinterlist, noch Feigheit des Geistes sind, die uns zwingen zu revoltieren, uns zu empören und uns einer rächenden Wut zu überlassen, sondern nur Menschlichkeit, Gerechtigkeit und Noblesse der Seele. Begreift, Propheten, der Mechanismus unserer menschlichen Seelen – ist der Mechanismus der Schaukel, wo der größte Aufschwung zur geistigen Noblesse den größten Rückschwung zur Wut des Tieres nach sich zieht.

Diese Tendenz, die Schaukel der Seele zur Seite der Menschlichkeit schwingen zu lassen, mit der unveränderlichen Konsequenz des Rückschwungs zur Bestialität, durchzieht wie eine blutige Spur die ganze Geschichte der Menschheit, und wir sehen, daß die besonders leidenschaftlichen Zeiten, die sich durch ihre in die Tat umgesetzten Aufschwünge zu Geist und Gerechtigkeit auszeichnen, uns besonders schrecklich erscheinen durch die Grausamkeiten und satanischen Untaten, die sich mit ihnen vermischen.

Gleich einem Bären, der mit blutigem Kopf gegen einen Holzkloben stößt, der an einem Seil hängt, und um so fürchterlichere Stöße empfängt, je weiter er den Kloben von sich wegstößt – so leidet und erschöpft sich der Mensch im Hin und Her seiner Seele.

Der Mensch erschöpft sich in diesem Kampf, und welches auch immer das Mittel sein mag, das er wählt, um ihm zu entkommen – den Kloben weiter ausschwingen zu lassen, damit dieser ihm mit einem besonders kräftigen Stoß den Kopf zerschmettert, oder die Schwingung der Seele anzuhalten, in einer vernünftigen Kälte zu leben, in der Abwesenheit von Gefühlen, in der Unmenschlichkeit also und auf diese Weise der Wärme seines eigenen Abbildes beraubt –, in der einen wie in der anderen dieser Lösungen ist die Verwirklichung des Fluchs vorherbestimmt, der uns in Form dieser seltsamen, schrecklichen Eigentümlichkeit unserer menschlichen Seele erscheint.»

Wenn die Stille sich im Haus ausgebreitet hatte, wenn die grüne Lampe über dem Tisch brannte und es hinter den Fenstern Nacht war – kamen diese Gedanken mit gleichbleibender Beharrlichkeit in mir auf, und sie waren für meinen Lebenswillen ebenso zerstörerisch wie für meinen Organismus, dieses bittere weiße Gift, das in sorgfältig zusammengefalteten Briefchen auf dem Diwan lag und erregend in meinem Kopf sirrte.

V

Ein Bojarensaal*, ein wegen der übermäßig hohen Lehnen imposantes Gestühl, eine niedrige, gewölbte Decke, und in alldem eine Art Unheil verkündender Schwere. Die Eingeladenen versammelten sich, alle sehr feierlich gekleidet, und sie setzten sich um einen mit rotem Samt bedeckten Tisch, auf dem auf einem goldenen Gedeck ein Schwan lag, der nicht gerupft war. An meine Seite hatte Sonja sich gesetzt, und ich wußte, daß wir unsere Hochzeit feierten. Obgleich die Frau, die neben mir saß, in nichts an Sonja erinnerte, wußte ich, daß sie es war. Plötzlich, als alle Platz genommen hatten und ich mich noch verwundert fragte, wie man diesen nicht gerupften Schwan zerteilen und verspeisen würde, trat meine Mutter in den Saal. Ihr kleiner weißer Kopf mit dem ausgezehrten gelben Gesicht zitterte, ihre übernächtigten Augen spähten in unangenehmer Weise herum und suchten mich. Sie kam direkt auf mich zu, und als sie mich endlich erblickte und ihre trüben Augen einen glücklichen und erschreckten Ausdruck annahmen, machte ich ihr ein Zeichen, sie möge nicht näher kommen, und es sei mir peinlich, hier mit ihr zu verkehren, und sie begriff. Klein, abgemagert und erbarmungswürdig lächelnd, setzte sie sich abseits an den Tisch. Inzwischen hatten die Lakaien in roten Livreen und weißen Handschuhen den Schwan vom Tisch genommen; die einen deckten den Tisch, andere brachten gefüllte Schüsseln. Als der Lakai, der alle Gäste bediente, zu meiner Mutter kam, bot er ihr von den Gerichten an, aber als er ihre Kleidung sah, wollte er an ihr

* Bojaren: alte slawische Adelige.

vorübergehen. Meine Mutter hatte jedoch schon den Schöpflöffel ergriffen und fing an, ihren Teller zu füllen. Ich war versteinert – und wenn die anderen Eingeladenen ihre Blicke zu ihr hoben ... Meine Mutter füllte jedoch weiter ihren Teller, der Lakai neben ihr machte ein konsterniertes Gesicht, das mich noch mehr leiden ließ, und als ein ganzer Haufen auf dem Teller meiner Mutter war, nahm er frech die Schüssel weg und überließ ihr den Löffel. Meine Mutter drehte sich um – um entweder den Löffel in die Schüssel zu tun oder um sich noch weiter zu bedienen –, aber als sie sah, daß keine Schüssel mehr da war, fing sie an, mit dem Schöpflöffel zu essen. Alles an ihr veränderte sich plötzlich auf unheimliche Weise. Sie fing an, unvernünftig, schnell und gefräßig zu schlingen. Ihre Augen luchsten unangenehm, ihr spitzes Greisinnenkinn flatterte auf und nieder, die Falten auf ihrer Stirn wurden feucht, und sie war plötzlich anders, gefräßig und leicht abstoßend. Indem sie gierig die Nahrung einfuhr, wiederholte sie dauernd mit einer häßlichen Lust: «Oh, wie ist das dut! Oh, wie ist das dut!» Und ich entwickelte ein neues Gefühl meiner Mutter gegenüber. Ich fühlte plötzlich, daß sie lebendig war, aus Fleisch und Blut. Ich fühlte, daß ihre Liebe zu mir nur ein kleiner Teil ihrer Gefühle war, daß sie außerhalb dieses Gefühls wie jedes menschliche Wesen Eingeweide, Arterien, Blut und Geschlechtsorgane besaß und daß meine Mutter ihren eigenen physischen Körper einfach mehr lieben mußte, als sie mich liebte. In diesem Augenblick fühlte ich eine solche Depression, eine solche Einsamkeit auf mir lasten, daß ich Lust hatte zu heulen. Meine Mutter jedoch, die alles verzehrt hatte, was auf ihrem Teller war, rutschte auf ihrem Stuhl hin und her. Obgleich kein Wort gefallen war, begriffen alle sofort, daß sie eine Kolik hatte und hinaus mußte. Mit einem Grinsen, das bezeugte, daß sein Respekt vor dieser jämmerlichen Alten nicht ausreichte, um ernst zu bleiben, seine eigene Würde aber zu groß war, um ihm zu erlauben, laut zu lachen, forderte der Lakai mit seiner weiß behandschuhten Hand sie auf, aus der Tür hinauszugehen. Meine Mutter erhob sich und stützte sich schwer auf den Tisch. In diesem Moment hatten alle sie schon bemerkt und fingen an zu lachen. Alle lachten. Die Gäste, die Lakaien, Sonja, alle lachten, und mit quälender Selbstverachtung lachte auch ich. Meine Mutter mußte an diesem Tisch vorbei, an diesen Mündern und Augen, die grausam lachten, und an mir, der auch lachte und ihr durch dieses Lachen fremd wurde. Und sie ging vorbei. Klein, gebeugt und zitternd ging sie vorbei und lächelte, aber das Lächeln war kläglich und demütig, als entschuldigte sie sich für die Schwäche ihres alten, ohnmächtigen Körpers. Als meine Mutter gegangen war, trat eine Beruhigung ein. Die Lakaien lächelten noch, Sonja lachte, und in dem Echo dessen, was sich abgespielt hatte, kam ein Vorgefühl von dem auf, was passieren würde. Plötzlich höre ich, wie an der Tür eine Militärwache Aufstellung nimmt mit Gewehren und Bajonetten in Anschlag. Hinter der Wache, im Hintergrund, ist meine Mutter. Sie will vorbei, sie will zu mir, aber man läßt sie nicht herein. «Mein Junge, mein Wadia, mein Sohn», wiederholt sie die ganze Zeit, aber man läßt sie nicht herein. Ich schaue hin, meine Augen begegnen ihren Augen, unsere Blicke kreuzen sich liebevoll, rufen einander, und meine Mutter geht auf mich zu. Aber schon springt eine Wache mit ihrem Gewehr heran, und das Bajonett dringt mit wunderbarer Sanftheit in den Bauch meiner Mutter ein. «Mein Junge, mein Wadia, mein Sohn», sagt sie ruhig, hält sich an dem Bajonett fest, das sie durchdringt, und lächelt. Und in ihrem Lächeln ist alles: daß sie weiß, man hat sie auf meinen Befehl hin nicht zu mir gelassen, daß sie stirbt, daß sie mir nicht böse ist, daß sie mich begreift, daß man jemanden wie sie nicht lieben kann. Ich halte es nicht länger aus. Ich reiße mich mit allerletzter Kraft los, in meinem Inneren verdreht sich unangenehm etwas, und ich wache auf. Ich lag vollkommen bekleidet auf der Couch. Auf dem Tisch brannte die Lampe unter dem grünen Schirm. Ich setzte mich auf, setzte die Füße zur Erde, und plötzlich hatte ich Angst. Ich hatte Angst, wie nur die unglücklichen Erwachsenen Angst haben, wenn sie nachts plötzlich wach werden; wenn der Mensch anfängt, sich bewußt zu werden, daß er nicht nur jetzt, in diesem nächtlichen Augenblick, während Ruhe herrscht und niemand in seiner Nähe ist, daß er nicht nur aus einem Traum erwacht ist, den er gerade hatte, sondern aus seinem gesamten Leben, das er in der letzten Zeit geführt hat. «Was passiert mit mir in diesem schrecklichen Haus? Warum lebe ich hier? Was für fieberwahnkranke Gedanken sind es, die ich in diesem Zimmer hatte?» Ich blieb auf der Couch sitzen, zitternd vor Kälte in diesem Zimmer ohne Heizung, das seit Wochen nicht mehr gesäubert worden war, und meine Lippen murmelten Worte, die keine Antwort brauchten, denn zu gleicher Zeit bildeten sich nebelhafte und bizarre Bilder in mir, und sie zu sehen war so beängstigend, daß meine eine Hand die andere stärker und stärker preßte.

Und so verharrte ich lange. Dann riß ich die Hand von der anderen los (sie war so verkrampft, daß die Finger festklebten) und zog mir die Schuhe an. Es war schwierig, meine Socken waren völlig verdreckt, die Füße verströmten einen furchtbaren Gestank, die Schnürbänder waren zerrissen und voller Knoten. Ich ekelte mich vor mir selbst wegen meiner klebrigen Schmutzigkeit, ich stand auf, schlüpfte in Mantel, Mütze und Gummischuhe, schlug den Kragen hoch, und gerade in dem Moment, als ich an den Tisch trat, um das Licht auszumachen, mußte ich mich wieder setzen, denn ich fühlte mich entsetzlich schwach. Auch überkam mich sofort eine Übelkeit, die sich bis zum Ekel steigerte, ich zwang mich, den Arm auszustrecken, um die

Lampe zu löschen, blieb so einige Zeit im Dunkeln sitzen, und als ich endlich aufstand, hatten Mattigkeit und Ekel mich verlassen, und ich ging mit einer gewissen Leichtigkeit aus dem Zimmer und stieg die Treppe hinunter. Ich kam, ohne Licht gemacht zu haben, an die Eingangstür, entriegelte sie und konnte sie kaum festhalten, so wurde sie von der Außenluft angesogen. Ein eisiger Wind stürzte sich in die Straßen wie in einen Abgrund. In der menschenleeren Ferne sah man nur um die gelben Straßenlaternen herum den trockenen Schnee, der von Fenstern, Zäunen und Dächern fiel, im Sturm davonfliegen. Der Wind schnitt den Atem ab, der Rücken war vor Kälte gekrümmt, und so lief ich verzweifelt, und ich hatte noch nicht das Ende der Straße erreicht, die in den Platz mündete, als ich mich schon völlig erfroren fühlte. Auf dem Platz war ein Holzfeuer. Der Wind züngelte in den Flammen wie in roten Haaren und ließ die Funken im Rauch knistern. Daneben, auf den Schienen, zitterte ein rosa Strahl. Gegenüber glitzerte das ganze Haus, und der Schatten einer niedrigen Straßenlaterne flog zu sehr hohen Dächern hinauf. Am Feuer trat ein Tulup* auf der Stelle, schlug die Arme um sich und löste wieder die eigene Umarmung. Ich ging schnell und beschleunigte meinen Schritt immer mehr. Unter meinen Gummischuhen, wie unter einem Zug, der mit voller Geschwindigkeit dahinrast, sprang der Schnee wie Milch aus einem Eimer. Auf der langen Straße, wo ich jetzt ging, hatte der Wind sich beruhigt. Das Mondlicht teilte die Straße brutal in zwei Teile – der eine tintenschwarz, der andere von einem zarten smaragdfarbenen Grün. Ich ging auf der dunklen Seite, und es amüsierte mich, den Schatten meines Kopfes die schwarze Grenze überschreiten und mitten auf der Straße rollen zu sehen. Der Mond selber war nicht zu

* Kurzer, umgedrehter Schafspelz, Kleidungsstück von Bauern.

erblicken. Doch wenn ich den Kopf hob, sah ich, wie er die Fensterreihen der oberen Etagen entlanglief und in grünen Explosionen eine Scheibe nach der anderen entzündete.

So in mich selbst versunken und nicht auf die Straßen achtend, denen ich folgte, ich nahm nur, vom Instinkt geleitet, die eine oder die andere wahr und bemerkte plötzlich, daß ich mich schon der Tür des Hauses näherte, in dem meine Mutter wohnte. Um die kleine Tür zu öffnen, ergriff ich den Ring, der schlenkernd widerhallte, ließ ein grünes Rechteck mit meinem dunklen Schatten in der Mitte in den Hof fließen und trat ein. Der Mond war jetzt irgendwo sehr hoch und sehr weit hinten. Und das große Tor aus massivem Holz legte sich wie ein schwarzes Feld weit in den engen Hof. Nur dort, wo der Zaun des Gärtchens endete, war alles von einem glasigen grünen Licht überschwemmt. Auf diesem Streifen Licht spürte ich die Kälte. Als ich die Stufen hinaufgestiegen war, machte ich auf der Schwelle halt. Die kupferne Klinke auf der schweren Tür strahlte in vollem Glanz. Die blanken Schrägflächen der Scheiben warfen einen dünnen Lichtstreifen auf die Treppenstufen. Als ich nach einer kleinen Wartezeit an der Tür zog, bewegte sich der Lichtstreifen kaum: die Tür war verschlossen. Ich hielt es für unangebracht, Matwei zu wecken; deshalb stolperte ich die Stufen zu dem dunklen, feuchten Gang unter dem Haus hinab, der zu dem Platz für den Müll führte und wo auch die Dienstbotentreppe der Wohnungen endete. Jetzt waren Holzspäne und Birkenrinden über diesen Platz verstreut. Hier spaltete der Hausdiener gewöhnlich das Holz und ließ anheimelnd die Axt krachen; er stapelte immer eine Armladung auf die Müllkästen, schnürte sie mit einem vorher ausgelegten Band zusammen und warf sie sich schwer auf den Rücken; dann stieg er, mühsam die Füße nachziehend, zur Küche hoch. Dabei schnitt ihm das Band in die

Schulter, und die Finger, um die er es geschlungen hatte, schwollen auf der einen Seite an und wurden auf der anderen Seite blutleer bis zu den Gelenken.

Ich stieg jetzt die dunkle Treppe hinauf, die nach Katzen roch, hielt mich an dem schmalen Eisengeländer fest, und ich erinnerte mich an die Zeit, als es diese Müllkästen noch nicht gab. Ich rief mir den Tag ins Gedächtnis zurück, es war im Sommer, als der Hof von einem Lärm widerhallte, der stark einem Theaterdonner ähnelte, und die von einem Lastwagen geworfenen Blechplatten sofort zu Müllkästen zurechtgeschnitten wurden. Gegen Abend schob man sie dann mit einem schrillen Geräusch zusammen, und ich hatte die ganze Zeit den Eindruck, als täte man im Nachbarhof dasselbe, so stark schlug das Echo gegen das angrenzende Haus. Wann war das gewesen? Wie alt war ich damals? Als ich nun in völliger Dunkelheit diese stinkende Treppe hinaufstieg, ohne die Treppenabsätze zu zählen, fühlte ich – ich hatte gerade einen hinter mich gebracht, mich zur Seite gewandt und war weiter hinaufgestiegen – eine Erschöpfung in den Waden, die eigenartig war und mich hinderte weiterzugehen, eine Erschöpfung, die mir sofort sagte, daß unsere Wohnung auf dem Absatz lag, den ich passiert hatte. Nachdem ich wieder hinabgestiegen war und mit einiger Mühe ausgemacht hatte, auf welcher Seite die Tür lag, die ich brauchte, ging ich auf sie zu, und ich wollte eben klopfen und mir schon ein Gesicht für die Begegnung mit der Amme zurechtlegen, als ich merkte, daß die Tür nicht verriegelt, sondern nur angelehnt war. Vielleicht war die Kette vorgelegt, dachte ich, aber kaum mit der Hand berührt, ging sie leicht und ohne zu knarren auf. Vor mir lag unsere Küche. Obgleich es sehr dunkel war, wußte ich genau, daß es unsere Wohnung war: nach dem Klang unserer Küchenuhr, die auf sehr eigene, unregelmäßige Art und Weise ging, wie ein Humpelnder auf einer

Treppe: zwei sehr schnelle Schläge, eine Pause, und dann von neuem eins-zwei.

Alles, was sich danach in dieser nächtlichen und wie verlassenen Wohnung abspielte, bekam etwas Fremdes, und obendrein fühlte ich, daß diese Fremdheit genau in dem Moment begann oder vielleicht sich verdeutlichte, als ich in den Flur kam. Als ich zum Beispiel vor der Tür zu meinem ehemaligen Zimmer stehenblieb, erinnerte ich mich nicht und wußte nicht mehr, ob ich die Tür zur Küche hinter mir verriegelt hatte, ich konnte mich nicht einmal mehr erinnern, ob der Schlüssel steckte. Ebensowenig konnte ich, als ich ins Eßzimmer geglitten war, mehr bestimmen, bis wohin ich in aller Ruhe vorgedrungen war und von welchem Augenblick an ich begonnen hatte, verstohlen zu schleichen. Als ich jetzt im Eßzimmer stand und versuchte, nicht zu atmen, erinnerte ich mich noch, daß die Tür meines Zimmers verschlossen gewesen war, aber warum ich es dermaßen eilig gehabt hatte, von dieser Tür wegzukommen, warum ich so unruhig war und eine solche Angst davor hatte, daß mich jemand überraschte – nun, ich war nicht mehr in der Lage, das zu begreifen.

Im Eßzimmer war es sehr still. Die Uhr ging nicht. In der trüben Dunkelheit sah ich nur, daß keine Decke auf dem Tisch lag und daß die Tür zum Zimmer meiner Mutter offenstand. Und aus dieser offenen Zimmertür kam das Entsetzen auf mich zu. Ich blieb lange unbeweglich stehen, ohne das Standbein zu wechseln, und es schien mir, daß ich oder etwas in mir langsam schwankte. Ich war fest entschlossen zu gehen und am Morgen wiederzukommen, ich war ganz nah daran, in den Flur zurückzugehen (mehr und mehr entsetzt vor der Angst, die die Plötzlichkeit meines nächtlichen Besuches bei meiner Mutter auslösen würde), als unvermittelt aus dem Zimmer meiner Mutter ein knarrendes Geräusch zu hören war, und sofort war es, als hätte jemand mit einer kleinen Schnur an mir gezogen, und ich rief plötzlich: «Mama? Mama?» Aber das Geräusch wiederholte sich nicht. Und niemand antwortete. Ich erinnere mich, daß ich, nachdem ich gerufen hatte, ein Lächeln – weiß man warum? – andeutete.

Obgleich eigentlich überhaupt nichts Besonderes in dieser Minute passiert war, schien es mir doch, nachdem ich so laut gerufen hatte, vollkommen unmöglich zu gehen und erst am nächsten Morgen wiederzukommen. Ich versuchte, so leise wie möglich aufzutreten, drang weiter vor, löschte einen glimmenden Punkt im Samowar, ging um den Tisch, hielt mich dabei an den Lehnen der Stühle fest, die um ihn standen, und trat verstohlen ins Schlafzimmer. Die Vorhänge waren aufgezogen. Langsam schlich ich bis zur Zimmermitte. Doch es war in dem Moment so schrecklich dunkel vor meinen Augen, daß ich mich unwillkürlich zum Fenster drehte. Mondlicht fiel ein, kam aber nicht weiter ins Innere, nicht einmal bis auf die Fensterbank, geschweige denn auf die Falten des Vorhangs. Die Lehne des Sessels, wo gewöhnlich meine Mutter saß, um zu sticken, tauchte deutlich wie ein dunkler Klotz vor dem Fenster auf. Als ich mich wegdrehte, wurde es noch dunkler. Jetzt wußte ich, daß ich etwa zwei Schritte vom Bett entfernt stand. Ich hörte mein Herz schlagen, und es war mir, als fühlte ich die warme Ausdünstung eines schlafenden Leibes ganz nah bei mir. Ich stand noch immer mit angehaltenem Atem da. Schon mehrere Male hatte ich den Mund aufgemacht, obgleich es gar nicht nötig gewesen wäre, ihn zu öffnen, um «Mama» zu sagen. Endlich entschloß ich mich, und rief: «Mama? Mama?» Diesmal klang mein Ruf wie erstickt, unruhig. Niemand antwortete. Aber es schien, daß die Töne, die ich von mir gegeben hatte, es nur möglich machten, ans Bett zu treten, und ich beschloß, mich vorsichtig zu Füßen meiner Mutter niederzulassen. Beim Hinsetzen versuchte ich zu vermeiden, daß die Sprungfedern kreischten, und ich stützte mich deshalb mit den Handflächen ab. Und ich spürte augenblicklich unter meinen Fingern die Spitzendecke, die nur tagsüber auf dem Bett lag. Das Bett war nicht abgedeckt, es war leer. Sofort verschwand der Geruch des nah schlafenden Körpers. Ich setzte mich dennoch, wandte den Kopf zum Schrank, und da sah ich endlich meine Mutter. Ihr Kopf war sehr weit oben auf Schrankhöhe, dort, wo die letzte Arabeske endete. Aber warum hatte sie sich so hoch hinaufgeschwungen, und worauf saß sie? In dem selben Moment, als dieser Gedanke mir kam, spürte ich die widerliche Schwäche der Angst in den Beinen und in der Blase, meine Mutter saß nicht. Sie hing – und sah mich starr an mit ihrer grauen, erwürgten Fratze. «Ah – Ah – Ah», schrie ich, und rannte aus dem Zimmer, als packte man mich bei den Fersen, «ah – ah!» schrie ich wild und flog fast durchs Eßzimmer, und gleichzeitig fühlte ich, daß ich saß, daß ich langsam meinen betäubten Kopf vom Tisch hob und mühsam wach wurde.

Hinter dem Fenster war schon die verspätete, winterliche Morgendämmerung. Ich saß in Mantel und Gummischuhen am Tisch, mein Hals und meine Beine schmerzten, wie wenn man sich erkältet hat, meine Mütze lag in einem schmierigen Teller, und in meiner Kehle hatte ich einen Kloß bitterer, zurückgehaltener Tränen.

VI

Eine Stunde später ging ich die Treppe hoch, und als ich die teure, wohlbekannte Tür sah, fühlte ich ein freudiges Erschauern. Ich trat näher, und ganz leise, um nicht zu stören, gab ich ein kurzes Klingelzeichen. Ein Geräusch kam von der Straße, ein Lastwagen fuhr lärmend vorbei und ließ die Scheiben erzittern. Unten klingelte das Telefon, morgendlich, schrill. Die Tür ging nicht auf. Da entschloß ich mich, noch einmal auf die Klingel zu drücken und lauschte. Kein Geräusch in der Wohnung, nichts rührte sich, als wohnte dort niemand mehr. «Mein Gott», dachte ich, «ist es möglich, daß hier etwas passiert ist? Ist es möglich, daß etwas nicht gut läuft? Aber was soll dann aus mir werden?» Und ich drückte auf den Klingelknopf, ich drückte verzweifelt, mit aller Kraft, und ich drückte, und ich preßte, und ich ließ klingeln, bis ich schlurfende Schritte vom Ende des Flurs hörte. Die Schritte näherten sich der Tür, kamen ganz nah heran, dann hörte man, wie jemand am Riegel hantierte, und endlich ging die Tür auf. Ich atmete freudig-erleichtert auf. Meine Unruhe war grundlos gewesen: in der offenen Tür stand, lebend und bei guter Gesundheit, Hirge persönlich vor mir: «Oh, Sie sind es», sagte er mit trägem Überdruß. «Und ich dachte, da käme wirklich jemand, der mich besuchen wollte. Na gut, kommen Sie rein.» Und ich trat ein.

Hiermit enden, oder genauer, brechen die Erinnerungen Wadim Maslennikows ab, der während der Januar-Fröste des Jahres 1919 im Delirium ins Krankenhaus eingeliefert wurde. Wieder bei Bewußtsein und nach der Untersuchung gab Maslennikow zu, daß er Kokainomane sei und daß er schon oft versucht habe, dagegen anzukämpfen, aber immer ohne Erfolg. Dank hartnäckiger Bemühung sei es ihm zwar gelungen, ein oder zwei Monate, manchmal sogar drei, ohne Kokain auszukommen, danach sei er aber ständig wieder rückfällig geworden. Aus seinen Geständnissen ging hervor, daß die Anziehungskraft des Kokains jetzt um so schmerzhafter sei, als es in letzter Zeit nicht mehr das Hochgefühl in ihm auslöste wie zuvor, sondern nur noch eine psychische Störung. Um es deutlicher auszudrücken, wenn das Kokain in der ersten Zeit die Schärfe und Klarheit seines Bewußtseins gesteigert hatte, so rief es jetzt nur noch verwirrte Gedanken hervor, die von einer Unruhe begleitet waren, die bis zu Halluzinationen ging. Wenn er also heute darauf zurückgriff, so geschehe das in der Hoffnung, daß es die Empfindungen in ihm entstehen lasse, die es ihm früher verschafft habe, und doch sei er mit Verzweiflung im voraus davon überzeugt, daß diese Empfindungen nie mehr auftauchen würden, ganz gleich, welche Dosis er zu sich nehme. Auf die Frage des Chefarztes, warum er trotzdem Kokain einnehme, wo er doch von vornherein wisse, daß es doch nur noch eine seelische Qual in ihm auslösen könne, verglich Maslennikow mit zittriger Stimme seinen Seelenzustand mit demjenigen Gogols, als dieser versuchte, den zweiten Teil der *Toten Seelen* zu schreiben. So wie Gogol gewußt habe, daß die glücklichen Kräfte seiner frühreifen Schriftstellerjahre vollkommen erschöpft seien, und er dennoch täglich zu den Mühen des Schaffens zurückgekehrt sei, jedesmal überzeugt, daß dies ihm nicht mehr zugänglich sei, und dennoch (getrieben von dem Bewußtsein, daß ohne diese hochgestimmte Verbrennung das Leben jede Bedeutung für ihn verliere) diese Versuche trotz aller Qualen, die sie in ihm auslösten, nicht aufgegeben, sondern vervielfacht habe – ebenso greife er, Maslennikow, weiter auf das Kokain zurück, obgleich er im voraus wisse, daß es ihm nur eine schreckliche Verzweiflung verschaffen könne.

Bei der Untersuchung wies Maslennikow deutlich alle Symptome einer chronischen Intoxikation auf: Beeinträchtigung des Verdauungssystems, Asthenie, chronische Schlaflosigkeit, Apathie, Erschöpfung, spezifische Gelbfärbung der Haut und eine Reihe zweifellos psychisch bedingter nervöser Störungen, deren Vorhandensein feststand, deren genauere Untersuchung jedoch eine längere Beobachtung verlangte.

Es war offensichtlich, daß es überhaupt keinen Sinn hatte, einen solchen Kranken bei uns in einem Militärhospital zu behalten. Unser Chefarzt, ein sehr großherziger Mann, setzte ihm das sofort auseinander, er litt sichtlich darunter, ihm nicht helfen zu können, und fügte hinzu, daß er, Maslennikow, ein gutes psychiatrisches Sanatorium brauche, es aber in unserer sozialistischen Zeit nicht leicht sei, in eines aufgenommen zu werden. Denn jetzt ließ man sich bei der Aufnahme weniger von der Krankheit leiten als von der Nützlichkeit, die der Kranke für die Revolution besessen hatte oder zumindest noch besitzen könnte.

Maslennikow hörte sehr bedrückt zu. Sein geschwollenes Lid bedeckte düster das Auge. Auf die gewissenhafte

Frage des Chefarztes: «Haben Sie Verwandte oder Ihnen Nahestehende, die sich für Sie verwenden können?», antwortete er mit «nein». Er schwieg zunächst und fügte dann hinzu, seine Mutter sei gestorben, und seine alte Amme, die ihm die ganze letzte Zeit über aufopferungsvoll geholfen habe, benötige nun selber Hilfe; einer seiner Mitschüler, Stein, sei vor einiger Zeit ins Ausland gegangen; was die beiden anderen betreffe – Jegorow und Burkewitz –, so wisse er nicht, wo sie sich befänden.

Als er diesen letzten Namen aussprach, blickten sich alle an. «Der Genosse Burkewitz», wiederholte der Chefarzt, «aber das ist unser direkter Vorgesetzter. Ein Wort von ihm würde genügen, um Sie zu retten!»

Maslennikow stellte viele Fragen, er fürchtete sichtlich, daß es sich um ein Mißverständnis handeln könnte und daß es nur ein Namensvetter sei. Er war sehr bewegt und, glaube ich, glücklich, als er Gewißheit erlangte, daß dieser Burkewitz eben derjenige sei, den er kannte. Der Chefarzt erklärte ihm, daß das vom Genossen Burkewitz geleitete Amt sich in derselben Straße wie unser Krankenhaus befinde, daß man aber den nächsten Morgen abwarten müsse, denn es sei wenig wahrscheinlich, abends dort jemanden anzutreffen.

Hierauf ging Maslennikow, nachdem er das Angebot, die Nacht im Krankenhaus zu verbringen, abgelehnt hatte, davon.

Am folgenden Morgen, kurz nach elf Uhr, trugen drei Laufburschen der Verwaltung, in der der Genosse Burkewitz arbeitete, Maslennikow auf ihren Armen herbei. Für seine Rettung war es zu spät. Wir konnten nur noch die akute Vergiftung mit Kokain feststellen (mit Sicherheit absichtlich herbeigeführt – das Kokain war offenbar in einem Glas Wasser aufgelöst und geschluckt worden) und den Tod durch Atemlähmung.

In der inneren Brusttasche Maslennikows fand sich ein alter Beutel aus Wachstuch, in den zehn silberne Fünf-Kopeken-Stücke und ein Manuskript eingenäht waren. Auf der ersten Seite waren in großen, ungeschickt springenden Buchstaben drei Worte gekritzelt: «Burkewitz hat abgelehnt.»

VLADIMIR NABOKOV

Das wahre Leben des Sebastian Knight
Roman
Deutsch von Dieter E. Zimmer
232 Seiten. Gebunden

Das Bastardzeichen
Roman
Deutsch von Dieter E. Zimmer
286 Seiten. Gebunden

Lolita
Roman
Deutsch von Helen Hessel unter Mitarbeit von Maria Carlsson, Kurt Kusenberg, H. M. Ledig-Rowohlt und Gregor von Rezzori
448 Seiten. Gebunden
Sonderausgabe und als rororo 635

Fahles Feuer
Roman
Deutsch von Uwe Friesel
342 Seiten. Gebunden

Ada oder Das Verlangen
Aus den Annalen einer Familie
Deutsch von Uwe Friesel und Marianne Therstappen
580 Seiten. Gebunden
Jubiläumsbibliothek und als rororo 4032

ROWOHLT

NATASCHA WODIN

Die gläserne Stadt
Roman
320 Seiten. Gebunden

BRET EASTON ELLIS

Unter Null
Roman
Deutsch von Sabine Hedinger
192 Seiten. rororo panther 5759
(Mai '86)

ANETTE STAI

Crazy Business
Tagebuch eines Fotomodells
Deutsch von Susanne Klippel
224 Seiten mit zahlr. Abb.
rororo panther 5771
(Juni '86)

26,-
7,95